TRAGEDIE DE SAINTE AGNES.

PAR

Le Sieur d'Aves.

3.

A ROVEN,

DE L'IMPRIMERIE,

De David dv Petit Val,

Libraire & Imprimeur ordi-
naire du Roy.

1615.

ARGVMENT DE LA
preſente Tragedie.

Ainte Agnes fut natiue de la ville de Rome extraite de nobles parens, leſquels eſtant Chreſtiens la firent dés le berceau nourrir en leur foy. De ce temps eſtoit gouuerneur de Rome Simphronie, ſous l'Empereur Diocletian grand perſecuteur des Chreſtiens. Ce Simphronie auoit vn fils, lequel n'eut pas ſi toſt veu ſainte Agnes qu'il en deuint paſſionnement amoureux, pourquoy il s'informe de l'extraction de la vierge, l'ayant ſceuë il ſe reſout de luy faire offre de ſon ſeruice, & pour ce ſuiet il prend l'occaſion de la rencontrer vn iour qu'elle reuenoit de l'eſcole: mais ceſte fille ne s'émeut non plus de ſon diſcours que ſi elle euſt eu vn cœur de rocher, d'autant qu'elle eſtoit preoccupée du ſaint amour de Ieſus Chriſt, ce ieune homme ſe voyant ainſi dédaigné, en prend vn ſi grand déplaiſir qu'il en deuint tout melancholique & reueur, dequoy ſon pere s'eſtant apperceu il en voulut ſçauoir la cauſe, ſon fils la luy ayant declarée il mande le pere de ſainte Agnes, auquel il fiſt entendre l'amour de ſon fils, & le

defir qu'il auoit d'efpoufer fa fille, à quoy il
le conjure de tout fon pouuoir, le pere de la
fainte luy fift demôftration d'auoir fon alliã-
ce fort agreable, mais qu'il falloit qu'il fceuft
la volonté de fa fille auant que de rien refou-
dre de cet affaire. Il l'a fçait dónc, & eft telle
qu'elle ne fe veut point marier, ne defirant
d'autre efpoux que Iefus Chrift. Cefte refo-
lution fceuë, le pere de fainte Agnes negli-
ge de la faire fçauoir à Simphronie, ce qui en-
nuyant fon fils trop paffionné, il fe delibe-
re luy mefme de fçauoir encore vne fois la volonté de la vierge, pour cet effet il l'a void,
& auec tout l'artifice que l'amour fçauroit
inuenter il l'a caiolle, mais il y perd fon
temps tout de mefme que la premiere fois,
ce qui luy caufe vn tel regret qu'il en tombe
extremement malade, s'eftant imaginé par
les refponces ambiguës de fainte Agnes
qu'elle eftoit amoureufe d'vn autre que de
luy, ce qui fait que luy & fon pere s'eftans
plus particulierement informez de la vierge,
ils treuuent qu'elle eft Chreftienne: chofe
qui les refiouyt beaucoup, croyans par ce
moyen en auoir pluftoft la raifon, pour cefte
fin Simphronie la fait venir parler à luy, ou
apres l'auoir long temps prefchée pour la de-
ftourner de fa foy, en fin voyant fa conftance,
il l'a fait defpoüiller nuë & l'enuoye au bordeau: mais elle n'y fut pas fi toft que fon bon
Ange ne la vint garder. Le fils de Simphronie ayant appris qu'elle eftoit en ce lieu y
vient pour la forcer, eftant accompagné de
quelques paillards lefquels y eftoient auffi

venus pour mefme intention. S'eftant mis
en deuoir d'executer fon deffein, l'Ange de la
fainte le tuë : fa mort ayant efté annoncée à
fon pere, il vient tout forcené de dueil trouuer la vierge, laquelle il gourmande fort,
mais voyant que c'eftoit en vain, il a recours
aux prieres, & la fupplie de reffufciter fon
fils, ce qu'elle fait : & luy reffufcité prefche
Iefus Chrift, ce qui caufe qu'vne fedition s'é-
meut entre le peuple de Rome, & les facrifi-
cateurs des Dieux. En fin ayant efté appaifée
par Simphronie, la fainte eft condamnée au
martyre, & pour cet effet eft deliurée entre
les mains d'Afpafe homme cruel & lieutenant
de Simphronie. Ce mefchant fait allumer vn
grand feu, & la fait precipiter dedans, par fa
priere il s'efleue vn orage qui détaint ce feu,
lequel brufle tous ceux qui s'approchent
pour le rallumer. Afpafe voyant ce miracle
en deuient plus enragé, & pour auoir pluftoft
la fin de la fainte, il luy fait couper la gorge, &
de cefte forte elle rendit fon ame à Dieu, voilà le fuiet de cefte Tragedie. Au refte ie t'ad-
uertis, Lecteur, que ie n'y ay point fait de
chœurs, non pas que ie ne l'euffe bien peü,
mais d'autant que ce m'euft efté vn trauail
inutile, ayant veu reprefenter plus de mille
Tragedies en diuers lieux, aufquelles ie n'ay
iamais veu declamer ces chœurs.

A iij

A

*Noble & vertueuse dame Françoise d'A-
uerton, Baronne de Basoches,
dame de Rie, &c.*

ADAME,
Ie viens vous presenter, l'histoire
du martyre de la bien heureuse
vierge sainte Agnes, pour m'ac-
quiter du commandement que ie receu de
vous il y a quelque temps, de la mettre en vers
Tragiques. Si quelque plume mieux taillée
que la mienne, eust entrepris de l'escrire, ie ne
doute point qu'elle ne l'eust releuée de plus
viues couleurs : mais pour vous obeyr, i'ay
passé par dessus toutes considerations: esperāt
que les esprits bien nez m'excuseront, &
loüeront mon dessein plustost que de m'ac-
cuser, quand ils sçauront qu'en ce suiet ie
n'ay eu d'autre but que l'honneur de la gloire de Dieu, & celuy de vous tesmoigner,
Madame, que ie suis

Vostre obeissant seruiteur,
D'AVES.

A MONSIEVR D'AVES
SVR SA TRAGEDIE DE
sainte Agnes.

SONNET.

D'Vne plus docte plume, on ne pouuoit descrire
Des Empereurs Romains la tyrannique loy,
Qui vouloient trop cruels abolir nostre foy,
Faisant souffrir aux saints vn langoureux marty-
    re.

  Cés sacrez vers chantez sur ta diuine lire,
Nous font voir qu'Apollon, des sciences le Roy,
Se plaist à demeurer, mon D'AVES, pres de toy,
Pour t'inspirer les traits, de son disert bien dire.

  C'est pourquoy ce patron de la virginité
Sainte Agnes, dont le nom en tous lieux est vanté
A voulu te choisir pour chantre de sa gloire:

  Croyant certainement, que tes fluides vers
La publiront si haut au temple de memoire,
Que l'air, s'en entendra par tout cet vniuers.

QVATRAIN.

                      (nesse
D'AVES que les neuf sœurs, ont nourry de ieu-
Tu peints si doctement en tes tragiques vers,
De sainte Agnes la vie & les tourments diuers,
Que tu semble espuiser toute l'eau de permesse.
               FRANC. ROLLAND.

Au Sieur d'Aues.

DE LASTRE.

ENTRE-PARLEVRS.

Martian, amoureux de sainte Agnes.
Censorin amy de Martian.
Simphronie pere de Martian, & gou-
  uerneur de Rome.
Le pere de sainte Agnes.
La mere de sainte Agnes.
Le trompette.
Les paillards.
Les macquerelles.
L'ange de sainte Agnes.
Sainte Agnes.
Les prestres des dieux.
Le peuple Romain.
Le messager.

SAINTE AGNES,
TRAGEDIE.

ACTE I.

Martian, & Cenſorin.

Martian.

Ontagne ſolitaire, & vous ſom-
    bre cauerne,
Ou mes triſtes penſers tous les
    iours ie gouuerne,
Depuis que Cupidon, ce Tyran
    redouté,
Par l'effort d'vn bel œil m'oſta la liberté:
Las! s'il demeure en vous quelques intelligences,
(Ainſi comme l'on croit, & comme ie le penſes)
Qu'il leur plaiſe eſcouter mes funebres accens,
Pitoyables teſmoins des ennuis que ie ſens,
Pour reuerer par trop vne ingrate maiſtreſſe,
Laquelle à ſes rigueurs ne donne point de ceſſe:
Mais plus ie vay l'aimant auecques fermeté,
Et d'autant plus ie ſuis de ces yeux reietté,
Semblable à ces Tyrans, deſquels, pour leur bien
    faire,

A

L'on ne reçoit en fin, que la mort pour salaire.

Censorin.

C'est iustement icy que l'on m'a dit qu'il est:
Et de fait ie sçay bien que du tout il s'y plaist:
Nous y venons souuent sous le frais de l'ombrage,
Escouter des oyseaux l'agreable ramage,
Et quelquefois aussi pour causer librement
De tout cela qui vient en nostre entendement:
Mais ie ne le voy point, sa grande inquietude
Volontiers là fait mettre en quelque solitude,
Il est dans vne grotte à plaindre & lamenter,
Cependant il me faut icy proche escouter
Si ie pourray l'ouyr.

Martian.

Vous doncques sainte troupe,
Qui faites residence en ceste ver de croupe,
Entendez mes ennuys, entendez mes douleurs,
Et voyez les assauts que me font les malheurs:
Puis si quelque pitié vous émeut, & vous touche,
Helas! consolez moy d'vn mot de vostre bouche.

Censorin.

Si ie ne sais trompé i'entends & reconnois,
Les tons, & les accents de sa dolente voix,
Les dieux en soient loüez: car beaucoup ie desire
De sçauoir le suiet pour lequel il soupire:
Vingt iours sont ià passez qu'il n'a point de repos,
Ne cessant d'inuoquer la cruelle Atropos,
Mais il cache son mal, car si tost qu'il m'auise,
D'vn air calme & serain son visage il déguise:
Il me le faut surprendre, & le supplier tant,
Que son dueil si couuert il m'aille racontant,
Sans en retenir rien, au fond de son coura-
ge,
Aussi pour ce suiet i'entrepren ce voyage,

Vous n'auez rien gaigné de vous estre caché,
Car ie vous tiens, aprés vous auoir bien cerché.
Pourquoy, mon cher amy, si vostre ame est mala-
          de ?
Pourquoy le celez-vous à moy vostre Pylade?
Hé! que vous ay-ie fait? vous ay-ie esté trompeur?
Suis-ie vn amy du temps, charlatan & mocqueur?
En ce siecle peruers, où presque chacun vse
De manquement de foy, de finesse & de ruse,
Auez-vous pas cogneu ma grand' fidelité,
Et comme à vostre bien ie suis du tout porté?

                    Martian.
Certes ie l'ay cogneu, i'en ay du tesmoignage,
En mille bons effects, & non en vain langage,
Qui ne sert qu'à piper les esprits plus loyaux,
Ainsi comme au sifflet l'on pipe les oyseaux.

                    Censorin.
Puis donc qu'il est ainsi hastez-vous de me di-
          re,
L'ennuy pour qui ie voy que vostre cœur soupire,
Qu'est-ce que vous pensez? faites le moy sçauoir,
Car de retarder plus ie n'ay pas le pouuoir,
Ioint que l'affection que vous m'auez promise
Vous oblige à n'vser enuers moy de remise.

                    Martian.
Plustost que d'y manquer i'endurerois la mort.
Doncques ie vous diray que l'amoureux effort
Que m'ont fait deux beaux yeux est l'ennuy qui
          m'outrage,
Et qui fait que ie hante en ce rocher sauuage,
N'ayant pour compagnie autre que mon penser,
Qui fait deuant mon ame à tous coups repasser,
Ces doux flambeaux d'amour tout de la mesme sorte
Qu'vne fois ie les veis en sortant de ma porte.

Censorin.

Ayant bien entendu voſtre plaintif diſcours
Ie reconnois aſſez que le dieu des amours
Vous a bleſſé le cœur, pour quelque beauté rare,
Qu'à la douce Venus peut-eſtre l'on compare:
Car autrement ie croy que vous ne ſeriez pris
Dans les filets d'amour, ſinon d'vne Cypris:
Ce qui me le fait dire eſt que i'ay cognoiſſance
Que nulle cy deuant n'auoit eu la puiſſance
D'aſſuiettir à ſoy voſtre rebelle cœur,
Qui contre ces plaiſirs eſtoit touſiours vainqueur.

Martian.

Ce que vous auez dit n'eſt que trop veritable,
Vne ieune beauté qui n'a point de ſemblable
En l'Empire Romain, me captiue ſi fort
Qu'vn eſclaue eſt heureux comparé à mon ſort.

Censorin.

Comment appelle-ton ceſte fille iolie,
Qui de ſes beaux cheueux ſi fermement vous lie?

Martian.

Elle ſe nomme Agnes.

Censorin.

Ie ne l'a cognoy pas.

Martian.

Ie ſuis ſi fort eſpris de ces charmeurs appas,
Qu'il ne m'eſt plus moyen de faire reſiſtance,
Si ie n'en ay bien toſt la douce iouyſſance.

Censorin.

Dittes, depuis quel temps eſtes vous ſon amant,
Pour vous aller ainſi triſtement conſommant.

Martian.

Vn mois s'eſt reuolu, voire vn peu dauantage,
Depuis l'aimable iour que ie vis ſon viſage.

Cenforin.

Et que s'eſt-il paſſé du depuis entre vous?

Martian.

Il ne s'eſt rien paſſé ſinon que du courrous.

Cenforin.

Du courroux, & comment.

Martian.

Helas c'eſt qu'elle m'vſe

D'vn rigoureux meſpris & du tout me refuſe.

Cenforin.

Elle eſt bien dédaigneuſe.

Martian.

O Dieux elle l'eſt tant,

Qu'elle pourroit laſſer l'homme le plus conſtant!

Voire, euſt-il ſurmonté tous les perils du monde,

Soit de ceux de la terre, ou bien de ceux de l'onde.

Cenforin.

Ho, que me dites vous.

Martian.

Ie vous dy verité.

Cenforin.

Par les Dieux c'eſt vſé de trop de cruauté:

Mais, mon plus cher amy, dittes moy la reſponſe

Qu'elle vous fiſt apres voſtre douce ſemonce

De vous donner ſon cœur?

Martian.

O ſouuenir amer

Et qui ne fait ſinon ma douleur renflamer!

Voicy ces propres mots: retire toy pouſſiere

Retire toy de moy: va retourne en arriere,

Et ne vien m'affliger de ton faſcheux deuis,

Car vn autre amoureux tous mes ſens a rauis,

Ie porte ces faueurs de fine orpheurerie,

Et nul autre que luy n'aura la ſeigneurie

De mes affections, tandis que ie viuray,
En ces terrestres lieux, car pour dire le vray,
Il est si grand seigneur que nul ne le surpasse,
Soit en biens de fortune, ou en grandeur de race,
Bref, il est du bon heur si bien accompagné,
Que s'il estoit de moy tant soit peu dédaigné,
Pour vo⁹ mettre en son lieu, chacun me pourroit dire
Auoir quitté le bon, pour m'attacher au pire.
Voila, mon cher amy, comme ceste beauté,
Par ses rudes propos me monstra sa fierté,
Qui me sçeut tellement de toutes parts atteindre,
Que depuis ie n'ay fait que soupirer & plaindre,
M'estant pour ce suiet en ce lieu retiré,
Qui semble estre basty, pour vn cœur martyré
D'ennuis & de malheurs.

Censorin.

Amy, la solitude
Ne nous deliure pas de ceste seruitude,
Qui vous tient arresté plustost elle nous perd,
Et croyez-moy qui suis en ces choses expert,
Car maintes fois i'ay fait certaine experience,
Que les lieux reculez & sacrez au silence,
Ont vne grande force à nous faire imprimer,
L'obiet que Cupidon tasche à nous faire aimer,
D'autant que nostre esprit de nature diuine,
N'ayant d'autre action, sans cesse s'imagine
En cent mille façons cet agreable obiet,
Duquel, le dieu d'amour le veut rendre suiet:
Et se l'imaginant sans que rien s'y oppose,
De l'obiet, & de luy ce n'est plus qu'vne chose:
Si bien qu'à l'aduenir il est fort mal aisé
Que l'vn se voye plus de l'autre diuisé.

Martian.

Ce que vous auez dit, cher amy ie ne nie,

Mais qui peut resister contre ceste manie?
                    Censorin.

Sans doute que chacun s'y trouue bien confus.
Mais escoutez amy, pour un petit refus
D'vne ieune fillette, il ne faut tout sur l'heure,
Desesperer d'auoir la fortune meilleure,
Allez vous ignorant que le plus grand bon-heur,
Ne se peut acquerir qu'auec vn grand labeur?
                    Martian.

Ie ne l'ignore pas, car i'y suis passé maistre.
                    Censorin.

En ceste occasion faites-le donc paroistre:
Poursuiuez constamment vostre amoureux dessain,
Peut-estre quelque dieu vous prestera sa main.
                    Martian.

Ie l'en vay suppliant.
                    Censorin.

Certes ie le presage:
Mais dittes, ie vous prie, est-ce pour mariage,
Que vous allez aimant ceste ienne beauté,
Ou si c'est pour ioüir de sa pudicité.
                    Martian.

C'est pour le mariage ainsi que ie l'espere.
                    Censorin.

L'auez-vous fait sçauoir à monsieur vostre pere?
                    Martian.

Non encore, ie n'ose.
                    Censorin.

Et le suiet pourquoy?
                    Martian.

Pour ce helas ! que ie crain qu'il ne soit contre
     moy.
                    Censorin.
Comment, de vostre bien prend-il donc facherie?

Martian.

Non, mais il ne veut pas qu'encor ie me marie.

Censorin.

N'importe, ne laissez de luy communiquer,
Car iamais de respect il ne luy faut manquer.

Martian.

Me le conseillez-vous?

Censorin.

Ouy, ie vous le conseille
Peut estre son humeur vous ne verrez pareille
A celle du passé, l'homme change souuent
De vouloir & d'aduis, ainsi comme le vent
Va changeant de contrée & souffle son haleine
Tantost dessus la mer, & tantost sur la plaine:
Les dieux seuls sont constans, & fräcs de chägement,
Mais les hommes mortels changent incessamment.
Disent-ils, à l'instant leur œuure paroist claire,
Mais des pauures humains, c'est bien tout le con-
traire.

Martian, & Simphronie.

Martian.

EN fin apres auoir quelque temps ruminé
Le conseil, qu'en amy, Censorin ma donné,
Ie treuue qu'il est bon, & qu'il m'est salutaire,
Mais ie n'auise pas qu'il soit bien necessaire
(Sauf sa correction) que i'aille racontant
La grande passion qui l'a va tourmentant
Pour vn autre amoureux: car sans doute mon pere
Oyant ceste nouuelle entreroit en colere,
D'autant qu'il est si prompt & si haut à la main

Qu'il ne sçauroit souffrir ny mespris, ny dédain:
Doncques ie luy tairay, c'est acte de prudence
De sçauoir à propos honorer le silence:
Mais le voicy qui vient, ie m'en vay l'aborder:
O grands Dieux vueillez moy d'vn bon œil regar-
　　　der!
Et vous mere d'amour déesse incomparable,
A ce coup aidez moy, soyez moy secourable.
Monsieur, ayant receu tant de faueur des cieux
Que de naistre par vous en ces terrestres lieux,
Ie serois trop ingrat & trop plain d'arrogance
Si ie ne vous portois en tout obeissance,
Et si ie faisois rien premier que de sçauoir
S'il vous agrée ou non, comme c'est mon deuoir
Auquel ie resteray, iusqu'à tant que Mercure
Conduise mon esprit ou le bien tousiours dure,
C'est pourquoy me sentant iusques au vif blessé,
D'vn poignant trait qu'amour par deux yeux m'a
　　　lancé,
Premier, que par le temps le coup soit incurable
I'ay desiré sçauoir s'il vous est agreable.

Simphronie.

Mon amy c'est ainsi qu'il vous en faut vser,
Et non pas comme aucuns, trop libre, en abuser,
En cela ie cognoy vostre bonne nature,
Et voy combien nous sert la bonne nourriture
Que l'on vous fait donner, viuant tousiours ainsi
Vous ferez que i'auray de plus en plus soucy
D'accroistre vostre bien, & que ie mettray peine
De vous faire espouser la beauté plus qu'humaine
Dont vous estes captif, mais i'entens, si ie voy
Qu'elle vous soit sortable, & conforme de loy.

Martian.

Ie croy qu'elle le soit, ie sçay d'vn certain homme

Que son pere est fort riche aux champs & dedans
    Rome,
Et mesme qu'il est noble & de grande maison,
Et qu'il peut auec tous faire comparaison.
Simphronie.
Pourueu que cela soit c'est chose bien faisable:
Et croy, qu'il ne l'aura moins que nous agreable,
Mesme à cause du ranc que nous tenons icy,
Car nul plus haut que nous n'éleue le sourcy:
Mais comment auez-vous ceste fille connuë,
Dont vostre ame est si fort esprise & detenuë?
Martian.
L'autre iour reuenant de m'esbattre à chasser,
Pour écouler le temps ennuyeux à passer,
Ie la vis reuenir seulette de l'escole,
Et tout au mesme instant mon ame en deuint fole.
Simphronie.
C'est doncques vn enfant qui vous tient en ses
    lacs.
Martian.
Ouy bien quand pour le corps, mais l'esprit ne
    l'est pas,
Car son beau iugement & sa grande sagesse,
Ne tiennent nullement de la prompte ieunesse,
Mais de l'âge parfait, car oyant son discour,
L'on demeure rauy de merueille & d'amour.
Simphronie.
Vous auez donc parlé plusieurs fois auec elle,
Puisque vous la trouuez si gentille & si belle.
Martian.
Vne fois seulement, encor ce fut bien peu:
Car comme ie voulus luy declarer le vœu,
Que i'auois fait d'aimer à iamais son merite,
Apres deux ou trois mots elle se mist en fuite.

Simphronie.

Volontiers elle eut honte oyant vn tel propos:
Elle qui vit encor en paisible repos,
Franche des dards pointus que Cupidon nous lance.

Martian.

Ce que vous auez dit a de la vray-semblance,
Ie pense bien qu'amour en ses plus tendres ans,
Ne luy fait pas sentir ses feux doux & cuisans,
Ainsi qu'il fait à moy, mais i'ay bien esperance,
Qu'en bref elle en aura certaine connoissance.

Simphronie.

Comme le sçauez-vous?

Martian.

Vn deuin me l'a dit,
Qui dedans ceste ville a beaucoup de credit.

Simphronie.

Ces gens là mon amy sont plains de menterie,
De leur adiouster foy c'est vne mocquerie:
Non ne les croyez pas, ce sont des attrapeurs
De ieunes compagnons, ce sont de vrays pipeurs.

Martian.

D'où vient donc que plusieurs de fort bonne apparence,
Les rencontrant leur font vne humble reuerence?

Simphronie.

Ils leur font cet honneur ignorant leur abus:
Mais ie iure Diane (+) le voyant Phebus,
Si de mesme qu'à moy leur méchante imposture
Leur estoit descouuerte ils leur diroient iniure,
Et d'vn robuste bras, remuant & leger,
Ils leur feroient cent fois vn baston voltiger
Sur la teste & le dos, mais laissons ces infames,
Qui seront l'aliment des infernales flames,
Reuenons au discours cy deuant commencé,

Touchant ceste beauté qui vous tient enlacé.
Doncques puis que le ciel de graces l'a doüée,
Et qu'elle est d'vn chacun si hautement loüée,
Ie vous donne congé de l'aller rechercher:
Mais du commencement ne vous laissez toucher
Trop fort à ses beautez, afin que s'il arriue
Qu'elle ne vueille pas que l'amour l'a captiue,
Vous n'ayez point de peine à vous en retirer,
Et que ie ne vous oye ardamment soupirer
Ainsi comme i'en voy à qui ce Dieu vollage
Oste l'entendement, la force & le courage.

Martian.

Puisque vous me donnez ceste permission,
Monsieur, ne craignez point, iamais la passion
Ne m'emportera tant, ny ne sera si forte,
Que lors que vous voudrez ie ne brise sa porte,
Car iamais rien n'aura tant de pouuoir sur moy,
Qu'il me face oublier l'honneur que ie vous doy.

Simphronie.

Voila tres-bien parlé mais que l'effet s'ensuiue.

Martian.

Monsieur, ne craignez point qu'autrement il
    arriue.

Simphronie.

Ie vous en voy desia tellement esmouuoir
Pour le peu qu'il y a qu'amour vous l'a fait
    voir,
Que ie doute beaucoup que toutes vos paroles
Comme de tous amans, ne soient choses friuoles.
Ie sçay trop mieux que vous que c'est de ce mestier,
Vous n'y faites qu'apprendre & i'y suis vieux rou-
    tier:
,, L'amant est tout semblable au patron d'vn nauire
,, Qui vogue sur les flots poussé d'vn bon zephire.

,, *Et qui voyant de loin quelque deſtroit de mer*
,, *Le veut voir, (†) pourtant ne s'y veut abiſmer,*
,, *Mais approchant trop prés la courante l'emporte,*
,, *Et pour y reſiſter ſa nef n'eſt aſſez forte.*
Ainſi quand nous voyons quelque ieune beauté,
Nous penſons l'approcher en toute ſeureté,
Mais il nous en aduient comme ie vien de dire
Qu'il aduient à celuy qui conduit le nauire.

Martian.

Tous hommes ne ſont pas de pareilles humeurs,
Ils ſont bien differents de façons & de mœurs,
Pour vn qu'amour tiendra ſi fort en ſes cordages
L'on en treuuera cent dont les braues courages,
Ne s'y lairront toucher que tant qu'il leur plaira,
Car la ſainte raiſon les en empeſchera.

Simphronie.

Oncques il ne s'eſt veu que la raiſon domine
Deſſus le doux archer de la belle Cyprine:
I'en prendray pour teſmoins les anciens Heros,
Que iamais la vertu ne laiſſoit en repos,
Hercule l'inuincible, & le braue Theſée,
De cent mille beautez eurent l'ame embraſée:
Mais c'eſt aſſez parlé deſſus vn tel ſuiet
Il vous faut viſiter cet agreable obiet,
Allez, & vous mettez en fort bon equipage,
Car cela fait cherir vn amant dauantage,
Aumoins de quelques vns legers d'entendement
Qui n'eſtiment les gens que par l'accouſtrement.

Martian.

Ie vay vous obeir ô mon treſ-aimé pere:
Dieux faites s'il vous plaiſt que mon deſſain pro-
ſpere.

Simphronie.

Mais, non arreſtez-vous, ayons premierement

La parole du pere & son consentement:
Car bien que nous ayons beaucoup plus de puissance
Si ne faut-il vser d'vne mescognoissance.
Il faut traiter chacun selon sa qualité,
Et n'abuser iamais de nostre authorité:
Ie m'en vay le mander qu'il vienne en diligence,
Pour luy parler d'vn fait de grande consequence,
Et puis estant venu , nous promenant deux
        tours,
Ie luy découuriray vos nouuelles amours.

Martian:

Durant que vous allez traiter du mariage,
Ie vay faire dresser mon gentil equipage.

Le pere de sainte Agnes,&
Simphronie.

Le pere.

O Dieu,de qui les yeux incessamment ouuers,
  Penetrent tous les coins de ce rond vniuers?
Qui sçauez le futur,& les choses passées,
Et qui n'ignorez rien de toutes nos pensées,
Dittes-moy,pere saint,à qui l'on doit honneur,
Las! que me voudroit bien ce cruel gouuerneur,
Qui m'enuoye querir par vn sien domestique,
Qui fait de l'habile homme & du scientifique,
Auroit-il bien appris,ô pere tout-puissant!
Que ie vay vostre nom sans cesse benissant?
Et que i'adore aussi vostre cher fils vnique,
Qui nous a deliurez de l'enfer tyrannique?
Quoy que ce soit grãd Dieu,me voila tousiours prest
A subir constamment vostre immuable arrest.

Mais Seigneur aidez-moy, car sans voſtre aßiſtan-
    ce,
De ma force, & de moy i'ay grande défiance.
Car qu'eſt-ce que de nous? ſans voſtre aide, ſeigneur?
Rien ſinon le ſuiet de peine, & de malheur,
Doncques aßiſtez moy, tenez moy la main forte,
Puis ie ne craindray plus vous ayant pour eſcorte,
Et pour le teſmoingner, ie vay ſans plus tarder,
A ce meſchant Tiran ma teſte hazarder,
Mais le voila qui ſort, ie vay d'vn gay viſage,
(Toutesfois malgré moy) luy faire vn bas hommage,
O Sauueur des humains? Hé, qu'il eſt mal-aiſé!
Qu'vn homme vertueux ait l'eſprit déguiſé.
O Monarque du ciel qu'il a de peine à feindre!
Mais quand la force manque il faut bien ſe con-
    traindre.
On n'y ſçauroit que faire il faut dißimuler,
Et non pas ſon courroux imprudent déceler.
L'alme diuinité qui void noſtre penſée,
Sçachant noſtre beſoin ne s'en tient offencée.
Monſeigneur, enſuiuant voſtre prompt mande-
    ment,
Ie vien pour receuoir voſtre commandement.

Simphronie.

Monſieur, vous m'obligez de prendre ceſte peine,
Ie m'en reuengeray, c'eſt choſe bien certaine,
Ne faites qu'aduiſer, ſelon voſtre deſir
En quelle occaſion ie vous feray plaiſir,

Le pére.

Il me ſuffiſt, ſeigneur, que ie vous puiſſe plaire,
Sans vous importuner de me vouloir bien faire.

Simphronie.

Or vous ne ſçauez pas, l'occaſion pourquoy,
Ie vous ay fait prier de venir iuſqu'à moy,

Le pere.

Certes non monseigneur.

Simphronie.

Ie m'en vay vous l'apprendre.
C'est que mon fils aisné veut estre vostre gendre
Si vous le trouuez bon.

Le pere.

Ie me tiendrois heureux
S'il estoit, monseigneur, de cela desireux,
Mais ie croy que son ame en plus hauts lieux aspire.

Simphronie.

Excusez moy c'est tout ce que son cœur desire,
La parfaite beauté, les graces, les attraits,
De vostre chere fille ont élancé les traits
De l'archer Paphien, si fort en sa ceruelle,
Qu'il n'a point d'autre bien que de penser en elle,
Soit que le blond Phebus se plonge dans la mer,
Ou bien soit que le iour il vienne rallumer
Dessus nostre horison: bref, il n'a d'autre estude,
D'autre occupation, d'autre sollicitude:
C'est pourquoy ie vous prie aduisez promptement
A moderer vn peu son extreme tourment,
Donnez luy vostre fille en chaste mariage,
Et faites alliance auec nostre lignage,
Lequel ne vous doit point, ce croy-ie estre à dédain,
Car il est des plus grands de ce lieu souuerain,
Soit pour estre fort riche, ou soit pour estre antique,
Comme estant descendu, de Scipion d'Affrique,
Qui fut si valleureux & si sage guerrier,
Que son chef en est ceint à iamais de laurier.

Le pere.

Monseigneur, ie le sçay, i'en ay prou connoissance:
Et sçay mesme combien ie dois obeissance
A vostre authorité, laquelle, grace à Dieu,

Com-

Commande doucement en cet aimable lieu:
Mais,monseigneur, ma fille,est encore bien ieune,
Pour ressentir d'amour la blessure importune,
Ainsi que vostre fils,ce n'est rien qu'vn enfant.

Simphronie.

N'ayez peur que l'amour des ieunes trionfant,
Ne luy face gouter les plaisirs d'hymenée.
Pourueu qu'elle ait passé la douzième année,
Expert,i'en puis parler,car en cet âge doux,
De ma chere moitié ie fus loyal espoux:
Et si ie suis certain que nous ne fusmes guere
Ensemble,sans nous voir,elle mere & moy pere.

Le pere.

Mais aussi,monseigneur,c'est vn bien grand ha-
      zard,
Si telle amitié dure & si tousiours elle ard
Les cœurs des mariez d'vne flame pareille.

Simphronie.

Encore n'est-ce point vne si grand merueille,
Plusieurs de mes amis ie vous pourrois nommer,
Que l'on a veus tousiours fidellement s'aimer,
Bien qu'en leurs tendres ans, suiuant leur desti-
      née,
Ils ayent esprouué les plaisirs d'hymenée.

Le pere.

Monseigneur,ie ne veux contre vous disputer,
Ie suis à vous du tout,vous n'en deuez douter:
Commandez seulement,ie vous feray paroistre,
Que iamais seruiteur ne seruit mieux son maistre.

Simphronie.

Ie vous honore trop pour en vser ainsi:
Mais si vous desirez me tirer de soucy,
Debonnaire,accordez ma deuote priere:
Et donnez vostre fille en vertus singuliere,

B

A mon fils bien aimé, lequel se va mourant,
Tant il va ces beautez constamm entadorant.
                Le pere.
    S'il ne tient qu'à cela qu'il s'esgaye & console,
Ie la luy bailleray, ie vous donne parole,
Pourueu qu'elle le vueille, autrement ie ne puis,
Car iamais ils n'auroient que peines & qu'ennuis,
Au lieu que nous deuons d'vne bien sainte enuie,
Les desirer ioyeux tout le temps de leur vie.
                Simphronie.
    Si son cœur n'est plus dur qu'vn riche diamant,
Elle souhaitera mon fils pour son amant,
Car il a du merite & chacun le renomme,
Pour le plus accomply qui soit dans nostre Rome,
Pour les biens de fortune il en possede aussi,
Autant, & voire plus qu'autre qui soit icy.
                Le pere.
    Monseigneur, ie le sçay, ie n'en fay point de doute,
Et si ie sçay bien plus qu'vn chacun le redoute,
Comme vn foudre de Mars, lequel va s'éclatant,
Parmy les escadrons qui se vont combatant.
                Simphronie.
    Vous dittes verité, c'est vn braue courage,
Sur lequel l'ennemy n'eut iamais d'auantage,
Mais laissons ce discours, car ie trouue ennuyeux,
De reciter des miens les actes glorieux,
Il est beaucoup meilleur qu'vn autre les raconte,
Car de se loüanger on n'acquiert rien que honte.
                Le pere.
    Vous dittes vray, seigneur, vn esprit genereux,
Iamais ne va contant ces faits aduantureux.
                Simphronie.
    Aussi pour ce suiet le silence i'honore,
Mais laissons tout cela pour retourner encore,

A nos premiers propos, ne desirez vous pas
Retirer mon cher fils des griffes du trespas,
Luy donnant voftre fille en beauté fans feconde.

Le pere.

Certes ie le veux bien, ie n'enuie en ce monde,
Rien tant que ce bon-heur, comme ie feray voir,
Auant qu'il foit long temps, car c'eft bien mon deuoir
Mais adieu, monfeigneur, l'heure defia me preffe.

Simphronie.

L'Eternel Iupiter oncques ne vous delaiffe,
Mais vous vueille cherir par fus tous les humains.

Le pere.

Seigneur, ie vous rends grace & vous baife les
mains.
Du grand Dieu de ce tout la puiffance infinie,
Des accents de ma voix à iamais foit benie,
Ie fuis par fon moyen encores efchappé :
I'ay ce cruel Tyran fubtilement trompé
Par mes humbles difcours fi i'euffe fait du braue,
Sans doute il m'euft traité comme vn chetif efclaue,
Mais i'ay callé la voile ainfi qu'vn matelot,
Qui fe void affailly de Borée & du flot,
Grand Dieu continuez fecourez-moy fans ceffe,
Et mettez à neant l'effet de ma promeffe,
Conferuez voftre Agnes, afin de vous feruir,
Et ne permettez pas qu'il l'a vienne rauir,
Pour malgré fon vouloir la prendre en mariage,
Elle vous a fait væu de fon cher pucelage,
Sçachant que voftre fainte & haute maiefté,
Sur toutes les vertus aime la chafteté.

B ij

ACTE II.

Martian, & sainte Agnes.

Martian.

C'EST par trop enduré , ie ne puis plus atten-
        dre ,
Ie suis demy bruslé, ie suis reduit en cendre,
Par les flames d'amour que m'élancent les yeux,
De la parfaite Agnes beau chef-d'œuure des cieux,
Son pere bon vieillard, sous qui le vice tremble,
A fait promesse au mien de nous conioindre ensem-
        ble:
Mais il tarde beaucoup à l'execution,
Ce qui fait augmenter tant plus ma passion,
Comme l'on void la soif estre plus violente,
Si l'on dilaye trop à la rendre contente:
Las! qu'il me fait bien voir qu'il n'a gueres senty
Les traits de l'archerot, dont rien n'est garanty,
Et qu'il ne sçait non plus, qu'vne trop longue atten-
        te,
D'vn bien fort desiré, nous fasche & nous tourmen-
        te,   (mois
Et qu'vn petit moment nous dure autant qu'vn
Vn mois autant qu'vn an, vn an autant que trois:
Pleust aux dieux immortels qu'en sa tendre ieunes-
        se,
Il eust senty les coups d'vne telle rudesse,
Ie suis seur qu'il auroit de moy compassion,
Ce hastant d'alleger ma triste affliction,
Laquelle en peu de temps me fera voir le fleuue,

Que l'on nomme lheté, si bien tost ie ne treuue,
Quelque honneste moyen de l'aller déchassant,
Pour n'estre plus chetif,fasché,ny languissant,
Or puis que ce bon homme ainsi long temps paresse,
A me donner sa fille,il faut que ie m'addresse,
Moy-mesmes deuers elle,& sans auoir de peur,
Que ie luy die encor vne fois ma douleur,
Que sçait-on ? les grands Dieux qui vont iettant
      l'orage,
Peut estre luy pourront amollir le courage,
Ce n'est pas la premiere à qui leurs déïtez,
Ont dechassé du cœur les rudes cruautez:
Combien s'en est il veu qui faisoient des fascheuses,
Combien s'en est il veu qui faisoient des mocqueuses
Puis en moins de deux iours par vn prompt change-
      ment,
Aimer leurs seruiteurs d'vn amour vehement,
Ainsi que les oyseaux les filles sont vollages,
Et presque à tous moments se changent leurs coura-
      ges,
C'est pourquoy m'appuyant sur vn tel fondement,
I'espere d'estre aimé quelque iour ardamment,
Mais qu'est-ce là venir ? ô grands dieux c'est ma
      belle,
Il n'en faut point douter,tout le corps me chancelle,
Tant ie suis rauy d'aise & de contentement,
Enhardis toy ma langue & parle asseurément.
Sainte Agnes.
  Malheureuse rencontre!ô puissance diuine!
Ne voy-ie pas celuy qui poursuit ma ruine?
En me voulant rauir ce que i'ay de plus cher?
O Dieu ne permettez qu'il me vienne toucher,
Afin qu'il ne me gaste auecques son ordure.
Moy qui pour vous aimer veux tousiours estre pure.
B iij

Martian.

Belle, qu'on peut nommer diuine sans pecher,
Bruſlé de voſtre amour, ie vous allois chercher,
Pour ſçauoir ſi le temps par ſa viſte carriere,
Vous a point fait changer cet humeur trop altie-
      re,
Qui m'alloit dédaignant le iour que ie vous vy,
Et que de vos beautez ie fus ſi bien rauy,
Que depuis ie n'ay fait que reſpandre des larmes,
Penſant à vos rigueurs faire tomber les armes,
Belle reſpondez-moy, reſpondez-moy mon cœur,
Et n'vſez plus vers moy de ſuperbe rigueur,
Tenez moy ces doux mots, ma colere eſt paſſée,
Et maintenant tu vis ſeigneur de ma penſée.

Sainte Agnes.

Lors que ie vous tiendray de ſi gracieux mots,
Les doux oyſeaux de l'air l'on verra dans les flots,
En guiſe de poiſſons, & l'humide Nerée,
Habitera du ciel la campagne etherée,
Le iour deuiendra nuit, & la peurcuſe nuit,
Flambera de clarté comme quand Phebus luit.

Martian.

Helas! que dittes-vous? ô beauté i'en appelle,
Car la ſentence eſt trop rigoureuſe & cruelle!

Sainte Agnes.

Le ſoit, ou ne le ſoit ſi n'ay ie pas deſir,
De l'aller retractant.

Martian.

Quel dueil me vient ſaiſir,
L'ame de part en part ô douleur! ô miſere!
Las! moderez vn peu voſtre dure colere,
Ne me traitez ſi mal ayez de moy pitié,
Conſiderant vn peu quelle eſt mon amitié,
Tenez, prenez de moy ceſte eſmeraude fine,

Ce riche diamant, ceste pierre Turquinne,
Ce: perles d'Orient, ce carquan de rubis,
Et ceste belle estoffe à faire des habits,
Prenez, ie vous les donne auec telle franchise,
Que mon ame est de vous ardantement esprise.

Sainte Agnes.

Gardez bien vos presens ie n'en veux nulle-
        ment,
Non, ne pensez par eux me prendre finement,
Allez tendre autre part vostre piege & corda-
        ge,
Car aux despens d'autruy ie me suis faite sage,
Vous ne me tenez pas allez retirez vous,
Ie ne suis plus à moy, ie suis à mon espoux,
Lequel vous passe autant en vertus & richesse,
En parfaites beautez, en esprit, en addresse,
En pouuoir, en iustice, en superbe grandeur,
Voire en ferme constance, & amoureuse ardeur,
Que l'on void surpasser vn prince magnifique,
Vn simple Gentil-homme, ou bien quelque rusti-
        que:
Bref qu'en diray ie plus? son pere est le vray Dieu,
Et luy-mesme est tenu pour tel en ce bas lieu,
Sa mere est vne vierge, vne sainte pucelle,
Qui n'a point de pareille en cet vniuers qu'elle,
C'est l'aurore d'où naist ce tout diuin soleil,
Qui par cesclairs rayons a chassé nostre dueil,
Ses pages, ses valets, & tous ces domestiques,
Ne sont que des esprits, mais esprits angeliques,
Desquels, l'agir est tel qu'vn tourbillon de vent,
Ainsi que ces amis l'esprouuent bien souuent,
Alors qu'il est besoin d'aller à tire d'aelle,
Les preseruer de mal, ou leur porter noüuelle,
                        B iiij

De quelque nouueauté, bref il eſt ſi parfait,
Qu'on ne peut l'agrandir ſeulement du ſouhait,
Or iugez Martian ſi ie ne ſuis heureuſe,
D'eſtre d'un tel amant chaſtement amoureuſe,
Iugez-le ie vous prie afin qu'à l'aduenir,
Vous perdiez de m'aimer du tout le ſouuenir.

Martian.

Malheureux que ie ſuis! ô pauure miſerable!
Vn autre iouyt donc d'un bien tant ſouhaitable,
Et moy chetif, & moy, i'en ſuis loin reietté,
Comme quelque ruſtaut riche de pauureté:
O puiſſant Iupiter noſtre dieu tutelaire!
De grace inſpirez-moy cela que ie doy faire!
Et vous trop belle Agnes, apprenez moy le nom
De voſtre cher amant, que vous dittes ſi bon,
Si grand & ſi parfait, dittes le moy ma vie,
D'eſtre connu de luy, certes i'ay bien enuie.

Sainte Agnes.

Si ie ne ſçauois bien par inſpiration,
Que voſtre parole eſt ſuiette à caution,
Ie vous dirois le nom de celuy que i'adore:
Mais ſçachant de certain que voſtre ame l'abhor-
re,
Ainſi que du poiſon, vous ne le ſçaurez point.

Martian.

O que ie ſens mon cœur horriblement eſpoint,
De rage & de fureur, doncques elle prefere,
Vn autre amant à moy? ie creue de colere.

Sainte Agnes.

Pendant que le courroux ne luy fait reſpirer,
Que rage & que fureur, ie vay me retirer,
Tout bellement d'icy, vous qui tenez la bride,
Aux efforts des meſchants, grand Dieu ſoyez ma
guide.

Martian.

Ie fuis tout forcené,ie fuis tout hors de moy,
Si ie le puis trouuer,fi iamais ie le voy,
Ie luy feray fentir vne telle tempefte,
Que iamais à fa dame,il ne fera de fefte:
Ouy,par le dieu Pluton,ie le feray mourir,
Quand bien vn efcadron viendroit le fecourir,
Ce mignon,ce beau fils,que fon ame trop folle,
Appelle fon grand Dieu,fon Saueur,fon idolle,
Tant le vin de l'amour qu'elle a humé fans eau,
A donné dans fon cafque, & troublé fon ceruveau.
Mais que dif-ie bons dieux!quelle eftrange furie,
Me transporte fi loin?quelle forcenerie
Agitte ainfi mes fens,d'vn tourment fans égal?
O bons dieux qu'eft-ce cy!las ie me trouue mal,
Le courage me faut,ie tombe de foibleffe,
Ie fens ie ne fçay quoy,qui me point & me bleffe
Le cœur iufques au vif,il faut m'aller coucher,
O dieux ie n'en puis plus ie ne fçaurois marcher,
Mes iambes vont tremblant comme vne fueille d'ar-
   bre,
Et mon corps eft par tout auffi froid que du marbre.

Cenforin, & Martian.

Cenforin.

IE n'euffe iamais creu que les dards élancez,
 Par l'enfant de Cypris , nous euffent tant blef-
  fez,
Et que pour ne iouïr de la perfonne aimée,
Vne douleur nous euft la poitrine entamée,

Mais si cruellement que nous sommes contrains,
D'estre dedans vn lict couchez dessus les reins,
Ainsi que Martian mon amy secourable,
S'y treuue maintenant, chetif & miserable,
Les soupirs & la bouche & l'œil tout degoutant,
Pour le suiet d'Agnes qui le va reiettant.
Helas,quelle pitié! faut-il que la rudesse,
De ceux que nous aimons,nous comble de tristesse,
De mille desplaisirs,de cent mille tourments,
Au lieu de nous combler de tous contentements,
O peine rigoureuse!& plus qu'insupportable,
Et qui n'a point au monde encore de semblable!
Aimer vne personne autant & plus que soy,
Et ne receuoir d'elle autre chose qu'esmoy:
O barbare rigueur!mais plustost tyrannie,
Qu'on ne void pratiquer aux Lyons d'Hircanie!
Que ie reçoy d'ennuy,Martian mon amy,
D'entendre que tu sois pour l'amour tant blesmy,
Si haue & si deffait ie ne sçay si ma veuë,
Te pourra contempler sans se trouuer émeuë
D'vn million d'horreurs,non,non en te voyant,
Ie suis seur qu'elle ira tristement larmoyant:
Mais neanmoins cela faisons nostre voyage,
Le discours d'vn amy bien souuent nous soulage,
N'ayant pas moins de force à guarir nos esprits,
(Quand de cent mille ennuis ils se trouuent surpris)
Que les Ingrediens de quelque medecine
En ont à dechasser,vn mal qui nous ruine
Entierement le corps,par pecantes humeurs
Qui nous font ressentir de terribles douleurs:
Or ie m'en vay le voir ayant ceste esperance,
De donner à son mal quelque peu d'allegeance.
Ho,sa chambre est fermée! il faut heurter à l'huis.

Martian, estant couché dans son lict, se plaint.

Que ie suis malheureux! qu'infortuné ie suis!
Non, ie ne pense pas qu'en la terre habitable,
Il se trouue quelqu'vn qui me soit comparable!
Aimer vne beauté beaucoup plus que son cœur,
Et n'auoir recompense autre que sa rigueur,
N'est-ce pas vn tourment sans pareil en ce monde?

Censorin.

Ie l'entens lamenter de sa douleur profonde,
Helas, quelle pitié? certes ie suis atteint,
D'vne bien grande peine à l'heure qu'il se plaint.

Martian.

Hé bien, ingrate hé bien, puis qu'ainsi tu l'ordon-
ne,
Que ma dolente vie au desespoir tu donne,
Ie mourray, ie mourray, i'y suis fort resolu,
Puis que pour ton mary tu ne m'as pas voulu.

Censorin.

Ie ne puis plus ouyr ceste voix lamentable,
Ie vay le consoler d'vn discours charitable.
Martian, mon amy, ie suis fort desplaisant,
De vous voir en ce lict, si tristement gisant,
Ie supplie au grand Dieu de l'Eternel Empire,
Qu'ayant pitié de vous qu'en bref il vous en tire.

Martian.

Ie l'en supplie aussi, mais les deux pieds deuant,
Afin de n'aller plus tant de mal esprouuant.

Censorin.

Mon Dieu que dittes vous? parlez-vous de la
Parque?

Martian.

Que ie fusse desia dans la funeste barque.

Censorin.

Ainsi donc au besoin, le courage vous faut?
Qu'est deuenu ce cœur si valeureux & haut?

Martian.

Me le demandez-vous? las faites en enqueste,
A celle dont ie suis la superbe conqueste,
C'est elle qui le tient.

Censorin.

Il le faut retirer,
Puis qu'elle ne se plaist qu'à le voir martyrer.

Martian.

Comment le retirer? il ne m'est pas possible.

Censorin.

Si vous y procedez d'vn courage inuincible,
Vous le retirerez, i'en suis bien asseuré,
Car vostre mal n'est pas du tout deseseré,
Aidez-vous ie vous prie.

Martian.

Au mal qui me possede,
Le courage n'est pas vn assez bon remede.

Censorin.

Donc quel autre remede y pourroit on trouuer,
Afin de vous le faire encores esprouuer?

Martian.

Las ie n'en sçache point, car il est incurable.

Censorin.

Ne dittes pas cela, toute chose est muable,
Si Iupiter le veut, quand l'on seroit tout prest,
De descendre au tombeau l'on guarit, s'il luy plaist.

Martian.

Ie le croy cher amy, mais pour faire la cure,
De ce mal, dont ie sens la cruelle pointure,
Il faudroit conuertir le courage hautain,
De la gentille Agnes à chasser son dédain,

Et auſſi de n'auoir ſon ame ſi rauie.
D'vn certain amoureux qu'elle nomme ſa vie.

Cenſorin.

Vous ſçauez doncques bien que ſon cœur eſt bru-
ſlé,
D'vn autre amant que vous, qui vous l'a reuelé?

Martian.

Elle meſme.

Cenſorin.

Comment eſt elle ſi hardie?

Martian.

Que trop à mon malheur, & ceſte maladie
Qui me va tourmentant, ne procede, ſinon
Que de cet amoureux elle m'a teu le nom.

Cenſorin.

Quelqu'vn m'auoit bien dit ſous paroles obſcu-
res,
Qu'elle ſentoit d'amour les aimables pointures,
Mais le nom de l'amant il me retint caché,
Dont ie fus contre luy beaucoup de temps faſché.

Martian.

C'eſt d'où vient mon tourment, c'eſt d'où viens
ma miſere,
C'eſt ce qui fait, helas! que ie me deſeſpere,
Car ſi le ciel benin m'auoit tant bien-heuré,
Que du nom du galand ie me viſſe aſſeuré,
Auec le coutelas au cœur d'vne campagne,
Nous verrions qui de nous l'auroit pour ſa compa-
gne,

Cenſorin.

Ne vous affligez plus, penſez à vous guarir,
Vous me verrez en bref voſtre mal ſecourir,
Aidez-vous ſeulement, ie vous promets & iure,
Que ie ſçauray ſon nom pour venger voſtre iniure.

Martian.

Que vous me consolez, ie me sens soulagé,
Puis que vous m'asseurez que ie seray vengé,
De ce mien coriual.

Censorin.

N'en ayez point de doute,
Vous le verrez en bref par mon bras en déroute.

Martian.

Non, non ie vous supplie il n'appartient qu'à moy,
A luy faire sentir le trespas plain d'effroy,
Tant seulement sçachez, qu'il est, de quelle race,
Et puis vous me verrez rabattre son audace.

Censorin.

Puis donc que vous croyez estre plus satisfait,
De le voir par vos coups sur la terre deffait,
Ie me deporteray de le vouloir occire.

Martian.

Vous me ferez plaisir autant qu'on sçauroit di-
re,
Car ie suis d'vne humeur qui mesprise celuy,
Qui venge son affront par les armes d'autruy,
D'autant que cela sent son ame basse & flasque,
Qui n'a de la vertu seulement que le masque.

Simphronie, & Censorin.

Simphronie.

D Oncques est-il quelqu'vn qui s'ose comparer,
En puissance à mon fils ? peut-il bien s'esga-
rer
Si fort de la raison ? est-il hors de luy mesme,

Ou bien ignore-t'il, noſtre grandeur ſupreſme,
Et comme ſur ce lieu du monde l'ornement,
Mon bras foudre de Mars commande abſolu-
    ment,
Hà, ſi ie puis ſçauoir comme c'eſt qu'il s'appelle,
Ie luy feray ſouffrir vne peine cruelle,
Ie luy feray ſentir vn ſupplice pareil,
A ſa trop folle audace, à ſon hautain orgueil,
Et pour mieux aſſeurer ceſte fiere menace,
Ie iure de l'enfer le chien à triple face,
Ie iure le Cocyte & l'impiteux Nocher,
Ie iure l'Acheron, (+) le peſant rocher,
Que Siſiphe remonte & puis apres deuale:
Bref, ie iure la ſoif de l'inique Tantalle,
Mais voyez l'impudence & la temerité!
Auoit-on veu iamais vn temps plus éhonté?
Certes ie croy que non, voire fuſt-ce le meſme,
Où Iupiter punit l'effronterie extrême,
Des ſuperbes geants, leſquels audacieux,
Le vouloient deietter de ſon thrône des Cieux,
I'ay plus de ſoixante ans , mais ie n'ay ſouuenan-
    ce,
D'auoir ouy parler de telle outre-cuidance,
C'eſt vn eſtrange cas, plus le monde paruient,
Au declin de ſon âge, & tant plus il deuient,
Horriblement fecond en audace, en malice,
Et pour le faire bref en tout infame vice.

Cenſorin.

A vous ouyr parler & meſme regardant,
Vos yeux plains de courroux qui le feu vont dar-
    dant,
Ie croy certainement que voſtre ame eſt bleſſée,
Des traits empoiſonnez d'vne haine inſenſée,
Dittes, n'eſt-il pas vray? parlez-moy franchemens,

N'estes-vous pas atteint d'vn courroux vehement?

Simphronie.

Hé!qui ne le feroit d'vne telle imprudence?

Cenforin.

Donc,quelqu'vn a commis contre vous vne offence?

Simphronie.

Ne le sçauez-vous point?

Cenforin.

Non pas certainement.

Simphronie.

Ie vay donc vous le dire en deux mots clairement,
Martian n'est pas seul qui sent son ame esprise,
De la gentille Agnes,vn autre la courtise,
Vn autre la recherche auecques passion,
Qu'elle va cherissant de grande affection.

Cenforin.

Quelqu'vn m'auoit bien dit qu'amour l'auoit
renduë;
Si folle d'vn amant qu'elle en estoit perduë.

Simphronie.

Pourquoy me l'auez-vous si longuement celé?

Cenforin.

Ie ne sçauois le nom dont il est appellé,
Mais à present i'en ay certaine cognoissance.

Simphronie.

Sus , sus nommez le moy que i'en prenne vengeance.

Cenforin.

Il se nomme Iesus,autrement saluateur,
Ce disant mesme fils du grand Dieu createur.

Simphronie.

Comment,grand Iupiter,elle est doncques Chrestienne?

Certes ie la pensois, ainsi que nous Payenne,
Or voila qui va bien, ie n'en suis pas falché,
Car nous l'accuserons de ce vilain peché:
I'entens si ie connois qu'elle s'opiniastre,
A refuser mon fils qui par trop l'idolastre.

Censorin.

Il ne faut point douter qu'elle demeurera
Constante en son amour.

Simphronie.

Et vrayment non fera.

Censorin.

Non fera? vous verrez.

Simphronie.

Ie n'en ay pas d'enuie.

Censorin.

Ie vous dy qu'elle est tant de ce Iesus rauie,
(A ce que l'on m'a dit) que plustost mille fois,
Vous auriez adoucy les Tygresses des bois.

Simphronie.

La crainte de la mort que tout le monde abhorre,
Luy fera bien quitter ce Iesus qu'elle honore,
Ie l'en veux menacer, & pour l'intimider,
Ie feray deuant elle vn Chrestien lapider.

Censorin.

Cela vous pouuez bien la prison en est plaine.

Simphronie.

Car ie ne doute point qu'en regardant sa peine,
La peur ne la saisisse auec vn tremblement,
Qui luy fera bien tost aimer le changement.

Censorin.

Mais auez-vous perdu si viste la memoire,
Qu'à ces Chrestiens, la mort est la plus grande gloi-
re?
Pour l'amour de Iesus ils veulent trespasser,

Et c'est les resioüir que de les menacer,
De les faire descendre en la tombe funebre,
Car leur nom , par le monde en deuient plus cele-
        bre,
Ils se font immortels pour constamment souffrir,
Toutes sortes de maux qu'on voudra leur offrir,
D'autant que c'est vn point de leur folle creance,
Que tant plus chacun d'eux est battu de souffrance.
Plus haut dedans le ciel reluisant de clarté,
Il ioüit d'vne ioye à toute eternité,
Et pour vous tesmoigner mon dire veritable,
Ie ne sortiray point de ce lieu redoutable,
Auquel iadis vn Paul endura le trespas,
Ainsi que fist vn Pierre, & mesmes vn Thomas,
Toutesfois ce dernier endura le martyre,
Es champs d'où le soleil nous commence de luire,
Et bref si ie voulois de suite les conter,
On me verroit bien tost du nombre surmonter.

Simphronie.

C'estoient hommes ià vieux tous remplis de con-
        stance,
Mais ceste belle Agnes ne sort que de l'enfance,
Son cœur n'est encor dur pour supporter ces maux,
Ces peines ces tourments & ces cruels trauaux.

Censorin.

Ie vous nommeray bien la damoiselle Prisce,
Qui de l'âge d'Agnes endura le supplice,
Voire si constamment qu'il sembloit que sa chair
Insensible aux douleurs fust de quelque rocher,
Ce qui fist souspirer & respandre des larmes,
Aux plus accoustumez à voir de tels vacarmes.

Simphronie.

Vous dittes verité,

Censorin.

C'eſt pourquoy ſagement,
Il vous faut gouuerner en cet accuſement.

Simphronie.

Voſtre conſeil eſt bon ie deſire l'enſuiure:
Ie ſerois bien faſché qu'Agnes ceſſaſt de viure,
Ie m'en vay commander qu'on me l'a meine icy,
Pour taſcher d'amollir ſon courage endurcy.

Censorin.

Ce ſera fort bien fait,car ce ſeroit dommage,
Qu'elle fut condamnée à l'horrible carnage,
I'en aurois bien pitié,meſme reconnoiſſant,
Que voſtre fils l'a dore & la va cheriſſant,
Plus que ſes propres yeux , & plus que la lumie-
re,
Du celeſte Phebus qui flambe iournaliere,
Car bien qu'elle luy cauſe vn tourment nompareil,
Si ſuis-ie fort certain qu'il en auroit du dueil,
Qui peut eſtre touchant iuſques au vif ſon ame,
Le feroit deualer ſous vne froide lame.

Simphronie.

Vous dittes verité,cela n'eſt pas nouueau:
Beaucoup pour aimer trop deualent au tombeau,
C'eſt choſe que i'ay veuë en ma ieuneſſe tendre.

Censorin.

C'eſt pourquoy,cependant,que vous allez atten-
dre,
Ceſte ieune beauté dont l'œil eſt ſi puiſſant,
Ie vay voir,ce que fait,voſtre fils languiſſant.

Simphronie.

Allez mon Cenſorin,allez à la bonne heure,
Vn peu le conſoler,car peut eſtre qu'il pleure,
Maintenant en ſa chambre,où bien en quelque coin,
De peur que de ſon mal,aucun ne ſoit teſmoin,

Car c'eſt la verité qu'il a bien de la honte,
Que ceſte paſſion de la ſorte le dompte.

Cenſorin.

Mais pourquoy de la honte ? il n'en faut point
    auoir,
Puis qu'il n'eſt pas tout ſeul qui reſent le pouuoir
Du grand fils de Venus, toutes les creatures,
Auſſi bien comme luy reſentent ſes pointures.

ACTE III.

La mere de ſainte Agnes, Sainte Agnes, & Simphronie.

La mere.

ALlons ma chere fille, allons mon cher ſoucy,
Allons nous expoſer à ce cœur endurcy,
A ce cruel Tyran plain de ruſe & cautelle,
Qui n'eſt iamais content ſi le ſang ne ruiſſelle
A boüillons eſcumeux des ſeruiteurs de Chriſt,
Mais deuant que partir prions le ſaint Eſprit,
Qu'il nous donne ſa grace, & benin nous inſpire,
Ce que nous deuons faire, & ce qu'il nous faut dire.

Sainte Agnes.

Le doux Seigneur Ieſus qui nous a rachetez,
Ne nous manque iamais en nos aduerſitez,
Lors que nous le ſeruons d'vne ame ſainte & pu-
    re;
Et s'il permet par fois qu'on nous geſne & torture,
Il faut que nous croyons que c'eſt pour noſtre bien.

La mere de sainte Agnes.
à genoux.

O grand Dieu qui ce Tout fistes naistre de rien,
Prenez pitié de nous, non pas pour nostre vie,
Car de mourir pour vous nous auons bonne enuie,
Mais donnez s'il vous plaist des forces à nos cœurs,
Afin que des tourmens ils demeurent vainqueurs:
Confirmez nostre foy, donnez-nous la conflance,
De benir vostre nom durant nostre souffrance,
Si que le dernier mot qui sortira de nous,
Soit le nom precieux de Iesus le tref-doux.

Sainte Agnes.

Amen, ainsi soit il: or cheminons sans crainte,
Le Sauueur des humains incline à nostre plainte,
Il nous aßistera, ie le croy fermement,
Car ie me sens saisir d'vn grand contentement,
I'ay les sens tous rauis d'vne aise inopinée,
Comme si dans les cieux ie me voyois menée
Par ces diuins esprits, lesquels incessamment,
Le nom du tout puissant loüangent hautement.

La mere.

O ma chere moitié c'est vn fort bon presage!
Außi depuis vn peu ie sens que mon courage
S'est accreu de beaucoup signe que le grand Dieu,
De son œil de pitié nous void en ce bas lieu,
Or sa sainte bonté nous vueille bien conduire:
Mais qu'est-ce que ie voy?

Sainte Agnes.

C'est l'arrogant plain d'ire,
Qui nous mande querir.

La mere.

Hà c'est-il l'impieux!
Le profane vilain, adorant les faux dieux.

Sainte Agnes.

Le cruel Lestrigon, le barbare perfide,
Qui du sang des humains est cent fois plus auide,
Que ne sont les Lyons, les Pantheres, les Ours,
Les Tygres, les Dragons, les Loups, & les vautours,
O bourreau plus affreux qu'vne ombre Acherötide,
Que n'ay-ié le pouuoir d'estre ton homicide,
Pour venger tant de saints.

La mere.

Ma fille, taisez-vous,
De peur qu'à nostre abord les traits de son courroux,
Ne viennent saccager d'vne horrible tempeste,
Ou vostre tendre corps, où ma neigeuse teste.

Sainte Agnes.

Ie n'apprehende point ces inhumains efforts,
Face ce qu'il voudra de ce terrestre corps,
Pourueu que l'ame en sorte entiere d'innocence,
Pour monter au Palais de l'eternelle essence.

La mere.

C'est bien dit ma mignonne & l'on ne pourroit
mieux,
Mais sçachez, neanmoins, que le grand Roy des
cieux,
Nous deffend par sa loy de nous ietter nous mesme,
Dans les dards acerez de la mort pasle-blesme,
Sinon quand il est temps de le glorifier,
Et son nom haut & clair à tous magnifier.

Sainte Agnes.

Son nom glorieux soit benit de tous sans cesse.

Simphronie.

Qu'est-ce là qui nous vient? est ce quelque deesse,
Certes si ie voyois auec elle vn troupeau,
De nimphes aux yeux doux au teint neigeux et beau
Ie croirois fermement que ce seroit Diane:

Car son port tout diuin n'a rien qui soit profane,
Et ceste ieune nymphe accompagnant ses pas,
Et qui porte en ses yeux tant d'amoureux appas,
Me fait aussi iuger, ains me donne creance,
Que c'est du ciel brillant quelque sainte puissance,
Il me faut auancer, & bien deuotement,
Aller baiser le bas de leur habillement.

La mere.

Que faites-vous, monsieur, ce n'est de ceste sorte,
Qu'il nous faut saluer,

Simphronie.

L'honneur que ie vous porte,
M'oblige d'en vser ainsi reueramment,
Vous croyant deïtez, du luisant firmament.

La mere.

Monsieur c'est s'abuser de croire que nous som-
mes,
Descenduës du ciel, non du genre des hommes,
Ie ne suis qu'une femme.

Simphronie.

Et qu'elle est ceste-cy,

La mere.

Vne simple fillette espointe de soucy.

Simphronie.

Vous m'étonnez beaucoup me tenant ce langage,
Car voyant vostre corps & vostre beau visage,
Ie pensois par ma foy, que sous leur grauité
Se cachast les grandeurs d'une diuinité:
Dittes donc, s'il vous plaist qui vous estes, mada-
me,
Et ceste fille aussi qui me penetre l'ame,
De ses charmeurs attraits, qui vous fait transpor-
ter
Maintenant en ce lieu?

La mere.

C'est pour nous presenter,
Deuant voſtre grandeur.

Simphronie.

Qui vous meut de ce faire?

La mere,

L'expres commandement qu'on nous a fait n'a-
    guere,
De venir vous trouuer.

Simphronie.

Ores ie vous cognois,
Vous eſtes de ceux là qui meſpriſent les loix,
Des ſacrez Empereurs, adorant en voſtre ame
D'autres diuinitez que celles qu'on reclame,
De tout temps en ce lieu, dittes, n'eſt-il pas vray?

La mere.

Ouy, certes gouuerneur, & tant que ie viuray,
Et ceſte fille auſſi, de tout noſtre courage,
A noſtre Dieu Ieſus nous rendrons humble hom-
    mage.

Simphronie.

Ne parlez pas ainſi de peur que tels propos,
N'interrompent le cours de voſtre doux repos.

La mere.

Nous n'auons point de peur que cela nous arriue,
Que l'on nous mette aux fers, que nos corps on ca-
    ptiue,
Dedans vne priſon, ouy, pluſtoſt nous mourrions,
Que noſtre Dieu Ieſus touſiours nous n'adorions.

Simphronie.

Madame, vous parlez auec trop d'arrogance,
Quoy ? ne craignez-vous point de nos loix la puiſ-
    ſance?

Ie vous prie en amy parlez plus humblement,
De peur d'en encourir vn rude chaſtiment,
Car i'atteſte les dieux de noſtre capitole,
S'il faloit que l'on ſçeuſt vne telle parole
Parmy ceſte cité, ie vous dy franchement,
Que l'on vous geſneroit d'vn horrible tourment,
C'eſt pourquoy, penſez-y, car ma foy ie vous iure,
Que ie ſerois faſché que l'on vous fiſt iniure.

La mere.

Vous nous obligez trop ſans l'auoir merité,
Mais ie vous diray bien que quelque cruauté,
Qu'on nous face ſouffrir , l'on nous verra conſtan-
     tes,
A demeurer de Dieu les tres humbles ſeruantes,
Nous n'auons point de peur des peines du treſpas,
Car il faut deſloger toſt ou tard d'icy bas.

Simphronie.

Il en faut deſloger, mais s'il nous eſt poſsible.
Il y faut reculer, car la parque eſt terrible,
Et d'vn aſpeĉt hideux, qui feroit meſme horreur,
Aux tigres aux ſerpens hoſtes de la fureur.

La mere.

Ceux qui ſeruent Ieſus ne la doiuent point crain-
     dre,
Son dard ne touche d'eux que la part la plus moin-
     dre,
Que le terreſtre corps, car l'eſprit precieux,
Qui vient du Createur retourne dans les cieux,
Ou c'eſt qu'à tout iamais, il vit en aſſeurancē,
Ayant de tous plaiſirs la douce iouyſſance,
Mais de plaiſirs qui ſont d'vne autre qualité,
Que ceux de ces bas lieux tous plains d'infirmité.
Car l'ame qui les gouſte en eſt touſiours rauie,
N'ayant de les changer iamais aucune enuie.

C

Simphronie.

Puis donc que ces plaisirs sont des plus releuez,
Ie ne suis pas d'auis que vous vous en priuez,
Plus long temps, mourez-vous: mais pour ceste pu-
    celle,
Dont les yeux sont si gays, & la grace si belle,
Ie luy conseille bien de ne se haster pas,
Pour tels contentements de souffrir le trespas,
Il faut, il faut deuant qu'elle quitte ce monde,
Qu'elle apprenne les ieux de Venus la feconde,
Compagne d'vn mary, qui dans deux ou trois ans,
Luy fera mettre au iour de beaux petits enfans.

La mere.

Ma fille, pour l'amour, n'eft en ce monde née,
Elle eft à Iefus Chrift feruante deftinée,
Elle en a fait le vœu, c'eft pourquoy c'eft en vain,
De vouloir l'empefcher d'vn fi iufte deffain.

Simphronie.

En vn âge fi tendre, il n'eft pas vray femblable,
Qu'elle foit de fon bien encor iuge capable,
Ce qu'elle fait, & dit c'eft par voftre confeil,
Mais quand le blond Phebus qui void tout de fon
    œil,
Aura d'vn an ou deux augmenté fon ieune âge,
Ie fuis feur de la voir chanter d'autre langage,
Eft-il pas vray m'amie? elle ne refpond rien,
D'autant que fon efprit iuge que ie dy bien,
Çà çà ie veux vn peu l'entretenir feulette:
Hé bien mon petit cœur, hé bien ma mignonnette,
Ne voulez vous pas bien vous marier vn iour,
Pour goufter les esbats du petit dieu d'amour?

Sainte Agnes.

Non, non, iamais, iamais, tels esbats ie detefte,
Plus qu'vn mortel poifon, plus que la noire pefte,

Ie veux paſſer mes iours en pure chaſteté,
Seruant deuotement à la diuinité,
Ce n'eſt qu'vn temps perdu de m'en vouloir diſtrai-
    re,
Car ie mourray pluſtoſt que de faire au contraire,
Si i'auois deſiré qu'amour fuſt mon vaincœur,
I'euſſe éleu voſtre fils pour maiſtre de mon cœur.

Simphronie.

Puis donc que vous voulez eſtre touſiours pucel-
    le,
Sans iamais reſſentir l'amoureuſe eſtincelle,
Allez vous releguer auecques le troupeau,
Qui garde de Veſta le temple & le flambeau.

Sainte Agnes.

Ie n'y veux point aller, car ce n'eſt qu'vne idole.

Simphronie.

Parlez plus ſagement, ne faites pas la folle,
De peur de prouoquer ſon dangereux courroux,
Qui vous accableroit du moindre de ſes coups,
Qui penetrent plus fort que l'éclat de la foudre,
Qui rompt les baſtiments & les reduit en poudre.

Sainte Agnes.

Gouuerneur abuſé par les maudits eſprits,
Qui de l'enfer profond habitent le pourpris!
Penſez vous que du bois, du cuiure, de l'albaſtre,
Du marbre, du carreau, de l'argille, du plaſtre,
Transformez en marmots, nous puiſſent offencer?
Non, non, il ne le faut, ny croire, ny penſer,
Ou s'ils font quelque mal ce n'eſt que d'auenture,
Comme quand du bois tombe, où quelque pierre dure.

Simphronie.

Ceſte fille cy réue, il n'en faut point douter,
Il l'a faut renuoyer, ie ne puis l'eſcouter
Plus long temps iargonner, allez à voſtre mere,

Et vous en retournez retreuuer voſtre pere,
Cependant aduiſez à changer de deſſain,
De peur de reſſentir combien peſe la main,
D'vn, dont pour le preſent ie tais la ſeigneurie.

La mere.

O mon Saũueur Ieſus, & vous vierge Marie,
De tout noſtre pouuoir graces nous vous rendons.

Sainte Agnes.

Allons ma bonne mere & plus ne retardons.

Martian, & Cenſorin.

Martian.

CHer amy qu mon cœur aime plus que ſoy meſ-
         me,
Helas que dois ie faire en ce tourment extrême,
Que dois-ie deuenir: helas que dois-ie plus,
Sinon de m'enfermer dans vn tombeau reclus,
Mais que diſ-ie enfermer? la parque qui deliure,
Les autres de leurs maux, las me contraint de vi-
         ure,
Et quelque maladie & quelque aſpre douleur,
Qui vienne rauager ma force & ma chaleur,
Ie ne ſçaurois mourir, & ma vie eſt plus dure,
Qu'vn roc de diamant d'inſenſible nature.

Cenſorin.

Martian, mon amy, nos iours ſont limitez:
Le terme en eſt prefix par les diuinitez,
On ne peut l'ruancer ne retarder d'vne heure.

Martian.

Mais pluſieurs ont quitté ceſte belle demeure,

Lors qu'ils ont desiré, Marc Anthoine, Caton,
Pour finir leurs trauaux allerent chez Pluton.

Censorin.

Ouy, mais c'estoit l'arrest des fieres destinées,
Lesquelles vont trenchant le fil de nos années,
Quand il leur semble bon.

Martian.

Donc, sans leur volonté.
On ne sçauroit laisser ceste belle clarté?

Censorin.

Certes vous dittes vray, telle est leur ordonnan-
ce.

Martian.

I'en voudrois appeller comme de doleance,
Car ie ne treue pas que ce soit la raison,
De nous contraindre à viure estant hors de saison,
I'entens hors de saison, quand cent mille infortu-
nes,
Se monstrent à nos iours tristement importunes,
Telles que maintenant ie les sens me frapper,
Sans auoir le moyen d'en pouuoir eschapper,
Vne heure seulement leur cruelle furie.

Censorin.

Vous serez donc tousiours en ceste resuerie,
De mettre les dédains d'vne ieune beauté,
Au nombre des malheurs, ô quelle lascheté!

Martian.

Celuy qui ne sent point la douleur qui me dom-
pte,
Peut bien la mespriser, & dire que c'est honte,
Dè s'y laisser aller d'vn courage abattu,
Qu'il faut bien plus auoir de cœur, & de vertu,
Qu'il faut estre constant, & genereux, & braue,
D'aucune passion n'estre iamais esclaue,

Ciÿ

Mais s'il auoit senty les terribles ennuis,
Qui me vont trauaillant, & les iours, & les nuits,
Ie suis seur qu'il seroit tout comblé de tristes-
    se,
Et deçeu, se verroit au bout de sa finesse.

Censorin.

Aussi bien comme vous amour m'a trauaillé,
I'ay dessous son drappeau maintesfois bataillé,
Ie n'ignore vn seul point de tous ses stratagesmes,
Mais onc, ie ne senty ces douleurs tant extresmes,
Que vous dittes sentir.

Martian.

Vous fustes en naissant,
Plus fortuné que moy, le destin tout puissant,
Vous vit du meilleur œil, les astres radieux,
Respandirent sur vous leurs aspects gracieux,
Et moy chetif & moy, ie n'eus pour mon partage,
Que ce qu'ils reseruoyent de tempeste & d'ora-
    ge,
C'est pourquoy me voyant en ces termes reduit,
Ie veux borner mon iour d'vne eternelle nuit.

Censorin.

O le braue moyen! la bonne medecine,
Pour guarir de tous maux! ainsi l'on extermine,
Les plus grandes douleurs les plus aspres tour-
    ments,
Les ennuis, les regrets, les mescontentements,
Et bref tout ce qui fasche, & tout ce qui nous bles-
    se,
Mais aussi c'est monstrer vne grande foiblesse,
Non, non, viuez plustost comme estant sur le point
De iouyr de l'amour qui vous gesne & vous point.

Martian.

Sur le point, las comment, puis qu'Agnes me rejette

Et qu'amour ne luy peut lancer vne sagette.

Censorin.

Encor que cela soit vous ne laisserez pas,
D'en iouyr à souhait, d'en prendre vos esbats.

Martian.

Comment l'entendez-vous?

Censorin.

Ie vous diray la ruse,
Si d'adorer nos dieux, du tout elle refuse,
La loy commande exprés qu'on la meine au bor-
*   deau,*
Et là vous iouyrez de son corps gent & beau.

Martian.

Ie n'aurois nul plaisir d'en iouyr de la sorte.

Censorin.

Quoy que s'en soit, tousiours cela nous recon-
*   forte.*

Martian.

I'aimerois beaucoup mieux l'auoir par la dou-
*   ceur,*
Afin d'en demeurer à iamais possesseur.

Censorin.

Mais de deux maux tousiours il faut choisir le
*   moindre:*
Puis que vous ne pouuez autremẽt vous conioindre,
Ne vous vaut-il pas mieux d'estaindre ainsi vos
*   feux,*
Que d'en estre tousiours consommé langoureux.

Martian.

Ie serois trop cruel, ie serois trop barbare,
De forcer de la sorte vne beauté si rare.

Censorin.

Ce n'est point cruauté, puis que son cœur ingrat,
Ne fait de vostre amour aucunement estat.

Martian.

Quoy que s'en soit la force est tousiours odieu-
se.

Censorin.

Ouy, bien qui forceroit vne ame gracieuse,
Mais vne ingrate, non.

Martian.

  Mais ceux qui ne sçauroient,
L'affaire comme nous, bien fort me blasmeroient,
M'appellant violeur, indiscret, impudique,
Imitant de Néron la flame tyrannique.

Censorin.

Si vous ne reiettez telles impreßions,
Vous ne paruiendrez point à vos intentions,
Doncques dechassez les, & n'ayez dans vostre
      ame,
Desormais autre soin que d'esteindre la flame,
Qui vous va consommant, c'est le point principal,
Si vous voulez guarir de vostre amoureux mal.

Martian.

Auant que d'en venir à ce remede extrême,
I. veux encor la voir & luy parler moy mesme:
Mon pere la mandée, elle le vient trouuer,
Pour la derniere fois son courage esprouuer.

Censorin.

Puis que l'occasion se presente opportune,
Tentez encor vn coup le hazard de fortune,
Mais apres sans auoir d'elle compaßion,
Estaingnez les ardeurs de vostre paßion.

Simphronie, & Sainte Agnes.

Simphronie.

A Insi ma ieune fille estes-vous point changée?
Ne vous estes vous point dessous nos loix ren-
    gée?
N'auez-vous point quitté vostre religion,
Pour adorer les dieux de ceste region?
Parlez respondez-moy,

Sainte Agnes.

Deuant que ie m'estrange,
De l'amour de mon Dieu, nostre Tybre & le Gan-
    ge,
Rebrousseront leurs cours, & ce mont Auentin,
Du vagueux Ocean se verra le butin.

Simphronie.

Sçauroit-on vous reduire à quelque meilleur
    terme?

Sainte Agnes.

Ainsi comme vn rocher ie seray tousiours fer-
    me.

Simphronie.

Ne parlez pas ainsi, car ces libres propos,
Vous pourroient auant temps faire voir Atropos,
Dequoy i'aurois regret, plus que d'aucune fille,
Qui reside en ce lieu, car vous estes gentille,
Changez donc ma mignonne, & d'humeur & d'ad-
    uis,
Et n'ayez plus les sens de la sorte rauis,
Pour ce faux Iesus Christ, que la gent Iudaique,
Fist mourir iustement comme vn meschant inique,

C v

Ce ne font que les gueux! perfonnes fans honneur,
Qui vont fuiuant la loy de ce lafche impofteur,
Les gens de qualité, les plus grands de la terre,
Adorent Iupiter qui lance le tonnerre.

Sainte Agnes.

O le blafpheme horrible! ô quelle impieté,
Quel infame peché, quelle mefchanceté,
En pourroit-on treuuer encore de femblable?
Eft-il peine en l'abifme à ce crime fortable,
Certes, ie croy que non, ah, ie fremis d'horreur,
D'entendre proferer ces mots plains de fureur,
Pleins d'audace impudente, & de forcenerie,
Et ce crois-ie fortis du cœur d'vne furie,
O Dieu faint & tout iufte ! hé comment pouuez-
        vous?
Si long temps retenir vos foudres de courroux,
Sans en brifer le chef auecques violence,
De cet homme remply de rage, & d'impudence?
Ie fçay que c'eft mon Dieu! vous eftes du tout bon,
Lent à nous chaftier mais fort prompt au par-
        don,
Vous ne voulez la mort du pecheur miferable,
Mais fa conuerfion honnefte & profitable,
Ainfi, faint Paul ne fut par vos bras chaftié,
Mais feulement repris, & puis humilié,
Afin qu'apres il fuft des éleus & des voftres,
Etmis au plus haut rang de vos aimez apoftres,
Eftant fait vn vaiffeau de fainte election,
Pour prefcher voftre loy de grande affection:
Ainfi feigneur, ainfi reprenez Simphronie,
Conuertiffant en bien fa fiere tyrannie!

Simphronie.

Ha, ha, ha, voila bien doctement fermonné!
Voila bien difcouru, voila bien raifonnné,

Ces fluides discours passeroient en pratique,
Ceux du grand Ciceron, maistre en la rethorique,
Echines y seroit tout de mesme sans voix,
Et Demosthene aussi lumiere des Gregeois:
Mais respondez vn peu, d'où vient ceste science?

Sainte Agnes.

Elle découle en moy de l'eternelle essence,
Qui rend en un moment les ignorans sçauans,
Et ceux qui sont mauuais, bontifs & bien viuants,
Saint Pierre le connust preschant en la marine,
Lors qu'il se vit remply d'vne haute doctrine,
Luy, dis-ie, qui deuant ne sçauoit que ietter,
Ses rets au fond de l'eau.

Simphronie.

Ie suis las d'escouter
Ce vain & fol babil, sus il vous faut resoudre,
D'adorer nos grands dieux ou d'estre mise en pou-
        dre,
C'est vn point resolu, c'est vn point arresté,
Sus sus depeschez vous, le sort en est ietté,
Ie ne tarderay plus, ie vay, ie vay vous rendre,
A l'infame bourreau pour vous reduire en cendre.
Quoy ie vous voy pallir ? & desia vous trem-
        blez,
Vous estes toute émeuë & vos sens sont troublez,
Pensez pensez en vous, ne soyez obstinée,
N'abregez point le temps de vostre destinée,
La mort est bien amere & fascheuse à gouster,
Pour ce vn chacun la doit grandement redouter,
Redoutez la ma fille & n'allez pas mal sage,
Vous presenter vous mesme à son pasle visage,
Qu'vn philosophe a dit estre bien plus affreux,
Que tout ce que l'on void dans l'abisme souffreux.

Sainte Agnes.

En vain tout ce propos, & tout cet artifice,
Ie n'apprehende rien, ie ne crain nul suplice.
Si mon teint se pallit cela ne vient de peur,
Mais trop bien de dépit, de chagrin, de douleur,
De vous voir blasphemer, d'vne telle maniere,
Contre le Dieu du ciel, le pere de lumiere,
Car ie ne crain la mort, & Dieu m'est bon tesmoin,
Que de tous mes soucis c'est bien le moindre soin,
Au contraire plustost ie me tiendrois heureuse,
D'endurer pour Iesus vne mort rigoureuse,
Luy qui pour nos pechez & pour nous rachetter,
Cloüé sur vne croix, la voulut bien gouster.

Simphronie.

Vous faites deshonneur à l'essence eternelle,
De la faire suiette à la parque cruelle,
Les dieux ne meurent point, rien n'arreste leura
      cours,
C'est pourquoy si Iesus a terminé ses iours,
Croyez qu'il n'estoit point de la troupe celeste,
Mais bien du genre humain suiet au sort moleste.

Sainte Agnes.

Iesus nostre Sauueur, venant en ce bas lieu,
De l'Empire des cieux, fut ensemble homme-Dieu:
Homme d'autant qu'il eut vne vierge pour mere,
Et Dieu, d'autant qu'il eut le Dieu du ciel pour
      pere,
De la part de sa mere il a senty la mort,
Mais de la part du pere il ne craint son effort,
Ce qu'il monstra fort bien, car apres sa mort du-
      re,
Il ne demeura point dedans la sepulture,
Ainsi que nous mortels, mais se ressuscita,
Puis apres quelque temps dans le ciel il monta,

Où c'est qu'il est assis en grand magnificence,
Pres le dextre costé de la diuine essence,
De là ces yeux ardans contemplent les humains,
Et voyent, tant leurs bons que leurs mauuais des-
      sains,
De là quand il est temps ses eleuz il assiste,
Et fait que chacun d'eux à bien faire persiste,
Iusqu'à tant qu'il les ait éleuez dans les cieux,
Où chacun d'eux iouyt d'vn bien delicieux.

Simphronie.

Apres auoir long temps vsé de patience,
Vous ayant doucement remonstré vostre offence,
Ainsi qu'à mon enfant, sans vous en corriger,
En fin ie voy qu'il faut du tout vous affliger,
Pour vous faire quiter ceste humeur si reuesche,
Qui s'empire, tant plus, qu'on vous prie, & vous
      presche,
Mais parauant ie veux encores vne fois,
Vous faire voir combien vers vous ie suis cour-
      tois,
Vous me dittes vn iour que vous auiez enuie,
De viure en chasteté le temps de vostre vie,
Allez doncques au temple auecques le troupeau,
Qui garde de Vesta le sacré saint flambeau,
Ou sinon (par les dieux ie iure sans feintise)
Ie vous feray mener au lieu de paillardise.

Sainte Agnes.

Ie ne veux point aller auec vn tel troupeau.

Simphronie.

Sus doncques, vous irez de ce pas au bordeau,
Qu'on me face venir vn fanfareur de trompe,
Afin de l'y mener auec plus grande pompe.
Mais parauant ie veux, afin de la soüiller,
Et diffamer du tout la faire despoüiller,

Arrachez ces habits, mettez la toute nuë,
Afin qu'en la menant de tous elle soit veuë.

Sainte Agnes prie en par-
ticulier.

O mon sauueur Iesus ayez pitié de moy,
I'endure tout ce mal pour vous garder la foy,
Empeschez, ô mon Dieu que ceste gent inique,
N'exerce sur mon corps, sa fureur impudique.
Simphronie.
Depeschez compagnons, qu'est-ce que vous tar-
dez?
Vous semblez estonnez? quoy vous la regardez,
Comme en ayant pitié? sus sus, qu'elle soit mise,
(Mais tout presentement) sans robe & sans chemise,
Passez dans ceste chambre & sans vous émouuoir,
Comme par cy deuant, faites vostre deuoir,
Par les dieux vous verrez ma gentille commère,
Quel plaisir l'on reçoit d'irriter ma colere.

ACTE IIII.

Sainte Agnes. Le trompette, les
paillards, & les macque-
relles.

Sainte Agnes.

Maintenant, ô mon Dieu! vous me faites sça-
uoir,
Combien est merueilleux vostre infiny pouuoir,

Miserable eſt celuy qui de vous ſe déſie,
Et miſerable encor qui ne vous glorifie,
Ce perfide Tyran,ce maudit garnement,
M'auoit fait dépoüiller de mon habillement,
Pour eſtre miſe en veuë aux yeux du populaire,
Ainſi que l'on feroit vne infame adultere,
Mais,ô mon Createur! inclinant à mes vœux,
Vous auez allongé mes blondiſſans cheueux,
D'vne telle façon que toutes mes parties,
Des profanes regards,ores ſont garanties,
Ie vous en remercie,ô Dieu iuſte & clement!
Et vous Reine du ciel des vierges l'ornement,
Ie me voüé à iamais à vous rendre ſeruice,
Sçachant que c'eſt par vous que Ieſus m'eſt propi-
        ce;
Mais las qu'eſt-ce que i'oy,qui bruit ſi hautement?
Hà c'eſt d'vne trompette vn doux fanfarement,
O Dieu le cœur me bat,& tout le corps me ſüë,
O Ieſus Maria,comme ie ſuis émeuë!
Las!on me vient querir,pour me proſtituer,
Seigneur,aſſiſtez moy,venez m'éuertuer.

Le trompette.

Ma belle ſuiuez moy,ie vien pour vous condui-
        re,
En vn lieu de plaiſir,où l'on ne fait que rire,
Que chanter,que baller & prendre ces delices,
En offrant à Venus mille doux ſacrifices,
Comment vous reſtiuez? vous auez beau crier,
Vous auez beau pleurer,vous auez beau prier,
Il faut il faut venir,or ſus allons menonne,
Que vos yeux ſont riants,que voſtre grace eſt bon-
        ne.
Vous braues champions qui iouſtez aux tournois,
De la belle Cypris,venez rompre vos bois.

Contre vn fort beau facquin, lequel eſt bien d'eſpreu-
ue,
Mais premier armez-vous de quelque lance neu-
ue,
Autrement n'eſperez d'en emporter le prix.

Vn paillard dit à ſon compagnon.

Eſcoute compagnon, eſcoute vn peu ces cris.
Le 2. paillard.
Et ſuis-ie encor icy? morbieu, c'eſt de la proye,
Que madame Venus ce iour d'huy nous enuoye,
Sus viſte, allons apres, ſaiſiſſons là, deuant,
Que les autres chaßeurs en ayent eu le vent.
Le 1. paillard.
Quelle farce voicy? ce n'eſt rien qu'vne beſte,
Que ce drole là meine, en triomphe (&) grand' feſte,
Qu'eſt-ce qu'il en veut faire? allons luy demander.
Le 2. paillard.
Corbieu ie ne vay pas ainſi me hazarder,
O dieux qu'elle eſt hideuſe! vne longue criniere,
Luy va couurant le corps (&) deuant & derriere.

La trompette iouë encore, puis
crie ainſi.

Qui veut, qui veut venir, le prix eſt grand & beau,
Moyennant que l'on viſe au milieu de l'anneau,
Venez donc champions venez coureurs de lance,
D'vn braue cœur monſtrer voſtre force & vaillan-
ce,
Le 1. paillard.
Trompette mon amy, qui vous vient eſmouuoir,
De mener ceſte beſte & nous la faire voir?

Trompette.

Vne beste? vrayment vous auez bonne veuë?
Vne ieune beauté de cent graces pourueuë,
Est fort bien faite en beste ô que vous estes lours!
Tenez voyez que c'est la dame des amours,
N'en sçauroit pas donner encor vne pareille.

Le 1. paillard.

O dieux que voy-ie là? quelle rare merueille.

Le 2. paillard.

Mes sens sont tous rauis, ie suis tout transporté,
Oncques ie n'auois veu de si grande beauté.

Le 1. paillard.

Dieux ie suis en extase! ô dieux que ie suis aise,
De voir si beau visage, il faut que ie le baise.

Sainte Agnes.

Retire toy vilain, ne me vien point toucher,
De tes profanes mains.

Le 1. paillard.

Vous auez beau cacher
Vostre bouche & vos yeux, si, si vous baiseray-ie.

Sainte Agnes.

Laisse moy, laisse moy profane sacrilege,
Ie suis voüée à Dieu.

Le 2. paillard.

C'est donc au dieu d'amour.

Sainte Agnes.

C'est à celuy qui fist ce terrestre seiour.

Le 1. paillard.

Trompette, mon amy, que nous veut elle dire?

Trompette.

Escoutez, en deux mots, ie m'en vay vous instrui-
re,
De toute son affaire, elle est de ceste gent,
Qui sert à Iesus Christ d'vn esprit diligent,

Et pour n'auoir voulu rendre à nos dieux homma-
       ge,
Ie la meine au bordeau vendre son pucelage.

Le 1. paillard.

Donnez la nous plustost, nous allons l'achetter,
Et tout presentement de l'argent vous conter.

Le 2. paillard.

Voire, & par le marché nous vous ferons tant
       boire,
Que de tous vos soucis vous perdrez la memoire.

Trompette.

Ce que vous auez dit n'est pas à mespriser,
Mais certes mes amis ie n'en puis disposer,
C'est nostre gouuerneur qui sur elle a puissance,
Et qui veut qu'on la meine au lieu de iouyssance,
Si doncques vous voulez auoir sa chasteté,
Allez querir le prix qui pour ce est limité.

Le 1. paillard.

Quelle somme faut-il?

Trompette.

Il faut vne grand somme.

Le 1. paillard.

Mais quelle?

Trompette.

Cinq tallens.

Le 2. paillard.

Ie ne suis pas son homme,
Corbieu ie n'en veux plus.

Le 1. paillard.

Quand est de moy, le coust
Ne m'en ostera point le desir ny le goust,
Sus, sus, ie vay querir la somme demandée,
Cependant qu'elle soit dans le bordeau gardée.

Le trompette iouë encor vne fanfare,
puis frappe à la porte du
bordeau.

Macquerelles ouurez, promptement, depeschez.
                Macquerelles.
Patience monsieur.
                        Trompette.
Ho, si vous me fachez,
Ie iure par Cypris que i'y mets voftre perte.
                Macquerelles.
Entrez entrez monsieur, voila la porte ouuer-
        te,
Ne vous colerez plus, ho, que vous estes prompt,
Vous oyant, ie craignois d'encourir vn affront,
Et ma compagne aussi.
                        Trompette.
Tenez sotte quenaille,
Cefte ieune beauté que ie vous liure & baille,
Dans peu de temps d'icy vous verrrez vn paillard,
Qui viendra pour iouyr de son corps fi gaillard.
                Macquerelles.
Entrez mignonne entrez en ce lieu de delice.
                        Sainte Agnes.
Helas, pluftoft helas! au cloaque de vice.
                Macquerelles.
Nous vous allons mener dedans vn cabinet,
Lequel eft fort gentil, bien agreable & net,
Il eft fort bien meublé de lict, & de couchette,
L'on vous y monftrera, comme vous fuftes faitte.

Sainte Agnes eſtant enfermée ſeule au cabinet, ſe met à genoux & prie Dieu.

O Dieu mon Redempteur, qui d'vn œil de clarté,
Contemplez la douleur, & la calamité,
De chacun des humains, meſme de ce ux, dont l'ame,
De voſtre ſaint amour deuotement s'enflame.
Helas! voyez mon Dieu, voyez les durs ennuis,
Et la grande miſere où maintenant ie ſuis,
Prenez pitié de moy voſtre pauure ſeruante,
Faiſant que nul paillard, ô mon Dieu ne ſe vante,
D'auoir cueilly la fleur de ma virginité,
Laquelle i'ay voüee à voſtre ſainteté,
Et vous heureuſe vierge eſpouſe, & fille, & mere,
De mon Sauueur Ieſus, las! voyez ma miſere,
Et priez voſtre fils mon benin Redempteur,
Qu'en ce lieu d'infamie, il ſoit mon protecteur,
Où bien ſi ie ne ſuis digne d'vne telle grace,
Qu'il face que ce corps ſubitement treſpaſſe,
Avecque ſon honneur, car i'aime beaucoup mieux,
Me priuer à iamais de la clarté des cieux,
Que de viure impudique, encores qu'incoupable,
N'ayant eu le deſir de ce peché damnable.

Le bon Ange de ſainte Agnes,
Sainte Agnes.

L'Ange.

*P**Ar le commandement du monarque eternel,***
Qui prend des gens de bien vn ſoucy paternel,

Moy qui tiens le haut rang d'essence intelligible,
Ie viens en ces bas lieux, pour paroistre visible,
Aux yeux de sainte Agnes, afin de l'assister,
Et l'a faire aux ennuis constamment resister,
Aussi pour la garder de receuoir iniure,
En ce profane lieu d'execrable luxure.
Le premier qui viendra pour la prendre & for-
           cer,
Se peut bien asseurer, de se voir transpercer
De ce glaiue pointu, car le Dieu de iustice,
Veut qu'il soit chastié de ce rude supplice,
Puis apres ennoyé dans le creux des enfers,
Pour y estre chargé de mille & mille fers:
Ainsi voila comment, ceux que Dieu fauorise,
Contre tous accidens sont tousiours en franchise,
Ainsi voila comment ils sont gardez de luy,
Sans que rien ait pouuoir de leur donner ennuy,
Si ce n'est qu'il le vueille, afin que chacun voye,
Que ce n'est en ce lieu, que demeure la ioye,
Et l'agreable paix, mais dans le ciel des cieux,
Le bien-heureux seiour des esprits glorieux,
Desquels ie suis du nombre & d'vne hierarchie,
D'excellentes vertus (+) d'honneurs enrichie,
Mais c'est par trop vsé du parler des humains:
Il faut auec la voix mettre en œuure les mains,
Ie vay doncques garder ceste pieuse sainte,
Afin que des paillards elle ne soit contrainte.

Sainte Agnes.

Mon Dieu, vous auez dit qu'il ne se faut lasser,
De veiller & prier, qu'il faut recommencer,
A tous coups l'oraison, de peur que l'ame oysiue,
Ne se laisse attraper & soit faite captiue,
De quelque noir peché, de qui le pesant fais,

La feroit deualer dans l'abifme à iamais,
Ainfi mon doux fauueur, imitant voftre exemple,
De ce profane lieu ie fais comme d'vn temple,
Attendant le fecours que vous auez promis,
A ceux qui par effet fe monftrent vos amis.

L'Ange.

Fille, confolez vous, le pere des lumieres,
A benin exaucé vos ardantes prieres :
Vos foupirs enflamez par la deuotion,
Font qu'il vous prend du tout en fa protection,
Il eft voftre rampart, il eft voftre muraille,
Contre ce qui voudroit vous liurer la bataille,
Il eft du tout pour vous, c'eft voftre deffenfeur,
Et de vos ennemis le rude puniffeur,
Il m'a fait deualer de fon diuin Empire,
Afin de vous garder de tout ce qui peut nuire.

Sainte Agnes.

O Dieu ie vous rends grace autant que ie le puis,
Vous auez eu pitié de mes triftes ennuis,
Et vous Ange diuin, heureufe intelligence,
Que mon Sauueur Iefus me donne pour deffence,
Soyez le bien venu, vous qui par cy deuant,
Par le commandement du monarque viuant,
M'auez fans me laiffer, en feureté gardée,
Et par le droit chemin de la vertu guidée,
Perfeuerez toufiours en ce pieux deuoir,
Et ne me laiffez pas du malin deceuoir,
Ie vous en prie au nom du grand Dieu des ar-
         mées,
Qui commande terrible aux flames allumées,
Des tonnerres fouffreux, lefquels il va dardant,
Sur ceux, qui contre luy, profanes vont grondant.

L'Ange.

Autant que vous ferez en ce lieu miferable,

Agnes, ie vous seray tousiours inseparable:
Puis apres que la mort de son trenchant cousteau,
Aura mis vostre corps dans vn obscur tombeau,
Dans le saint Paradis, nostre cher heritage,
Ie vous transporteray pour voir le beau visage,
De vostre doux Sauueur, lequel vous aime tant.

Sainte Agnes.

Que ne vay-ie desia ce doux plaisir goustant,
Que i'en suis affamée, & que ie le desire!
Tyran que tardes-tu? que tu ne me martyre,
Fay venir tes bourreaux, applique tes tourments,
Par eux ie iouyray de tous contentements,
Par eux ie iouyray de mon amour pudique,
Embrassant doucement mon cher amant vnique,
Amant, dont mon esprit est tellement rauy,
Que ie suis morte en moy mais en luy ie reuy,
Et luy vit en mon cœur, mais d'vne façon telle,
Qu'y riuant, il me donne vne vie immortelle.

L'Ange.

Voilà tresbien parlé, car en luy nous viuons,
Par luy nous respirons, & par luy nous mouuons,
C'est le premier estant, de luy prouient nostre estre,
Et c'est luy qui de tout est le seigneur & maistre,
Si son diuin pouuoir defailloit vn moment,
A tout ce qui reside en ce bas element,
On le verroit perir, & nous mesmes, ses Anges,
Qui sommes ses courriers par les pays estranges,
S'il n'alloit soustenant nostre estre auec le sien,
Ce seroit fait de nous, nous ne serions plus rien.
C'est pourquoy ces payens, abominable engeance,
Sont bien remplis d'orgueil, où d'extresme ignoran-
ce,
De se mettre à genoux pour prier humblement,
Des suiets desspourueus de tout ressentiment,

Ils ne meritent pas d'estre dits raisonnables:
Car les brutes des bois les plus espouuantables,
Par l'instint naturel connoissent bien qu'il est
Vn grand Dieu tout-puissant qui d'aliment les
  paist,
Doncques cinq ⅋ six fois race, ingrate & mau-
  uaise,
Qui ne reconnois pas celuy d'où vient ton aise!

Martian, Censorin & les paillards.

Martian.

PVis que ma loyauté, mes larmes, mes soupirs,
  Se sont tous respandus vainement aux ze-
  phirs,
Et que le beau suiet dont mon ame est esclaue,
Au lieu de me cherir me dédaigne & me braue,
Puis, dis-ie, que ie suis tellement reietté,
Qu'il ne fait point d'estat de ma captiuité,
Dittes, cher compagnon, dont i'aime la presence,
Ne dois-ie pas vser de force & violence?
Dittes, ne dois ie pas estant entre mes mains,
Iouyr de mes desirs, accomplir mes dessein?

Censorin.

Ouy ouy, vous le deuez, c'est chose raisonnable,
Vous auez trop long temps de tous esté la fable,
Et trop long temps encor de vous l'on s'est mocqué,
Disant que vostre cœur de courage à manqué,
C'est pourquoy de ce pas allez sans recognoistre,
Et qu'elle vueille ou non faites vous voir le maistre,

Eſtaingnez de ce coup vos deſirs amoureux,
Et ſi vous fuſtes doux monſtrez vous rigoureux,
I'entens,ſi ſes meſpris elle vous continuë,
Or ſus allez ioüer elle vous attent nuë.

Martian.

Voire,mais ce n'eſt pas de franche volonté.

Cenſorin.

N'importe pas comment puiſque l'honneſteté,
Dont vous auez vſé cent mille fois vers elle,
N'a iamais peu flechir ſon courage infidelle.

Martian.

Or c'eſt vn point vuidé,ie vay donc en iouyr.

Cenſorin.

Allez ne tardez plus.

Martian.

Venez vous reſiouyr
Tantoſt auecque moy,car il eſt raiſonnable,
Que vous participiez à ce bien deleɛable.

Cenſorin.

Si le deſir m'en vient i'iray vous releuer,
Pour ainſi comme vous au combat m'eſprouuer,
Mais digne vertubieu l'on nous a fait la nique,
Voila deux champions,deux bons branleurs de piç-
    que,
Leſquels, s'ay-ie grand peur,ont forcé ſon chaſteau,
Courons viſte vers eux , tout beau corbieu tout
    beau,
Quoy! voulez-vous tous ſeuls iouyr de ce pillage,
Nous en voulons auſſi,ſus ſus faiſons partage.

Les 2. paillards.

Meſſieurs,ne criez point , prenez tout s'il vous
    plaiſt,
Nous vous pouuons iurer,que tout encor y eſt,

D

Censorin.

Comment que veux tu dire?est ce que tu te moc-
que.

Martian.

Par le corbieu coquin il faut que ie vous cho-
que,
Vous estes bien hardy de nous venir gosser?

Le 1. paillard.

Tout beau,monsieur, tout beau , gardez de me
blesser,
Appaisez s'il vous plaist cet horrible furie,
Ce que ie vous ay dit n'est point de mocquerie,
S'il vous plaist m'escouter,ma foy ie vous promets,
De vous dire le vray,car ie ne ments iamais.

Censorin.

Or contez compagnons,ie veux bien vous entendre.

Le 1. paillard.

Comme vous auez veu,nous y venions pour pren-
dre,
Nos doux contentements (t) nos plaisirs gaillards,
Auec ceste beauté vray miroir à paillards,
Mais estant sur le point de ioüer auecque elle,
(Cas estrange à conter)vne ardante estincelle,
Est venu bluetter au deuant de nos yeux,
Telle ne plus ne moins que l'on void pres des cieux,
Briller à longs esclairs,la flame du tonnerre,
Qui puis apres descend rudement sur la terre,
Ou dessus quelque tour,ou sur quelque rocher,
Qui fait de grande peur vn chacun se cacher.
Ainsi voyant ce feu dans sa chambre reluire,
Nous sommes eschappez pour euiter son ire.

Martian.

Les braues champions!ô les vaillans guerriers,

O digne vertubieu quels chauds aduanturiers,
Combien il en faudroit pour conquerir Cartage,
Or sus, sus ie vay voir si i'ay plus de courage.

Censorin.

Il est entré dedans attendons son retour,

Le 1. paillard.

Puis qu'il est si long temps il gouste au fruit d'a-
mour.

Le 2. paillard.

Voire, & nous fait seruir icy de sentinelle.

Censorin.

Ce vous est de l'honneur, c'est un mestier fidelle.

Le 2. paillard.

En despit de l'honneur, il nous couste trop cher.

Le 1. paillard.

Qu'est-ce là compagnon? quoy te veux tu fascher?

Le 2. paillard.

Qui ne se fascheroit? auoir lancé la beste.

Censorin.

Ha tais toy compagnon, tu seras de la feste.
Apres que Martian se sera contenté.

Le 1. paillard,

Hé ditte moy, monsieur, estes-vous degousté?
Quoy? n'en voulez-vous point, elle est si ieune &
tendre.

Censorin.

Ouy certes, pourquoy donc? mais il nous fait
attendre,
Vn peu trop longuement, hé n'est-ce point assez?
Ne vous lassez-vous point d'estre tant embrassez?
Martian mon amy, prestez-moy vostre place,
Vous ne respondez point? ho quelle froide glace,
Me vient saisir le corps & le cœur peu à peu!
I'ay peur qu'il ne soit mort estouffé par ce feu.

Dont vous auez parlé.

Le 1. paillard.

Cela n'eſt pas ſans doute,

Le 2. paillard.

Il nous a mis n'aguere en deſordre & déroute,
Vous iurant par ma foy que ſans nos pieds legers,
De la dure Atropos nous courions les dangers.

Le 1. paillard.

Tout ce qu'il vient de dire, eſt plus que veritable,
Iamais ie ne vis rien qui fuſt tant formidable,
I'en ay de grande peur long temps claqué des dents.

Cenſorin.

Attendez compagnons, ie vay voir la dedans,
S'il dormiroit point bien, ô bons dieux qu'elle veüe,
Il eſt mort mes amis, las! plus il ne remuë,
Son eſprit a quitté ſon froid & paſle corps.

Le 2. paillard.

Il n'en faut plus parler, il erre ſur les bords
Du funebre Acheron infernale riuiere.

Cenſorin.

A l'aide mes amis, meſchante meurdriere,
As-tu bien eu le cœur de faire ainſi mourir
Vn ſeigneur ſi gentil? Ie te feray perir,
Si ie te puis treuuer, cherchans deuant derriere,
Et mettons à la mort ceſte ieune ſorciere.

Le 1. paillard.

Pour moy, ie n'en ſuis pas.

Le 2. paillard.

Et non ſuis-ie pas moy,
Car ie ſuis trop ſaiſi de douleur & d'effroy.

Cenſorin.

O bons dieux qu'eſt-ce cy! qu'eſt elle deuenuë?
Ie ne la puis trouuer.

Le 1. paillard.

Peut estre qu'vne nuë,
L'a transportée en l'air, car elle sçait bien l'art,
D'inuoquer les demons dans les bois à l'escart.

Le 2. paillard.

Tous ces meschans Chrestiens sçauent ceste science.

Censorin.

Las bons dieux qu'est-ce cy? ie meurs d'impatien-
ce,
De despit, de chagrin, de regret, de soucy.

Le 1. paillard.

Et moy pareillement i'ay le cœur tout transi,
De voir vn tel malheur, vne telle tristesse.

Le 2. paillard.

Que ne suis-ie vn Achile en braue hardiesse?
Ie iure Lachesis, Proserpine & Pluton,
Que ie ferois du bruit auecques ce baston,
Pour venger le trespas de ce bon personnage,
Mais pour dire le vray, ie suis du parentage,
De ce Tersite Grec, duquel l'humeur estoit,
De se tirer au loing, alors qu'on se battoit,
Ou qu'il voyoit quelqu'vn auoir vne querelle.

Censorin.

Mais c'est trop arresté, portons ceste nouuelle,
A nostre gouuerneur, afin que promptement,
Il aduise à donner condigne chastiment,
A si cruel forfait, ô l'honneur des gendarmes,
Que tu vas soupirer, & respandre de larmes,
Lors que tu vas sçauoir, que ton fils bien aimé,
Est tout prest d'estre mis au buscher allumé.

D iij

ACTE V.

Simphronie, Sainte Agnes, Censorin,
& Martian.

Simphronie.

O Malheur, ô malheur! ô desastre cruel,
    Qui fais naistre en mon cœur vn dueil con-
    tinuel,
Destin, cruel destin, ô parques filandieres,
Cocyte, Phlegeton, infernales riuieres,
Las d'où part cet esclat qui vient m'accrauanter,
Sous vn fais de douleurs que ie ne puis porter!
D'où vient helas d'où vient ce mal si deplorable,
Qui me rend à iamais chetif & miserable,
Quel demon forcené contre moy depité,
Cruel, m'a fait tomber en ceste aduersité,
Doncques mon fils est mort? ô douleur qui m'affolle,
Et qui fait que ie perds le poux, & la parole.
          Censorin.
Las! monsieur qu'est-ce là? le courage vous faut.
          Simphronie.
O mort, comme à mon fils fais moy franchir le
    saut,
Ne permets qu'aux ennuis plus long temps ie suc-
    combe,
Mais enclos nous tous deux sous vne mesme tombe.
          Censorin.
Monsieur.
          Simphronie.
Helas mon fils que ie tenois si cher.

Cenſorin.

Monſieur, ie ne veux pas ores vous empeſcher,
De pleurer voſtre fils, en ce mal homicide,
Bien pluſtoſt que conſtant l'on vous diroiſ ſtupide,
Si voſtre iuſte dueil ne reſpandoit des pleurs,
Mais ſeulement, monſieur, moderez vos douleurs,
Et ne permettez pas que leur excez vous face,
Oublier voſtre rang, vos grandeurs, voſtre race,
Vous qui braue guerrier auez acquis l'honneur,
D'eſtre d'vn lieu ſans pair le braue gouuerneur,
De ceſte illuſtre Rome, en qui les cieux propices,
Ont verſé largement, leurs plus heureux auſpi-
  ces,
Si qu'elle fait ployer ſous ſes diuines loix,
Le Parthe, l'Affricain, l'Aleman, le Gaulois.

Simphronie.

Las! pleuſt à Iupiter pere de la nature,
Que ie fuſſe vne pauure & ſimple creature,
Et que mon cher enfant par moy tant regreté,
N'euſt perdu de Phebus l'agreable clarté,
Pleuſt aux dieux que ie fuſſe vn laboureur champe-
  ſtre,
Et que mon pauure fils euſt encore ſon eſtre,
Helas mon cher enfant! las doncques ie te perds,
En ton ieune printemps, en tes ans les plus verds!

Cenſorin.

L'excez de la douleur qui maintenant vous
  bleſſe,
Vous fait laſcher ces mots de l'humaine foibleſſe,
Mais ie ſuis aſſeuré qu'en eſtant diuerty,
Vous ne voudriez prendre vn ſi pauure party,
Voſtre cœur eſt trop grand, trop braue & magna-
  nime,
Pour d'vn ſi bas eſtat faire le plus d'eſtime.

Vous, dis-ie, qui cent fois les armes en la main,
Auez accreu les bords de l'Empire Romain.

Simphronie.

Helas de ce bon-heur la chance est bien tournée!

Censorin.

Il vous faut obeir à vostre destinée:
L'on n'y sçauroit que faire, il faut patienter,
Vous ne la changerez pour ainsi lamenter.

Simphronie.

C'est pourquoy ie me plains, ie sanglote & ie
*   pleure,*
Mais ne retardons plus, allons à la demeure,
Où gist ce pauure corps, pour le faire emporter.

Censorin.

La porte est bien fermée il nous la faut heur-
*   ter,*
Ho, ho, du premier coup elle s'est decroüillée,
Or sus que ceste chambre en tous lieux soit foüil-
*   lée,*
Pour trouuer ceste peste, & ce cruel venin,
Par lequel est deffunt l'amy de Censorin,
Sus à moy ie la tiens, ie la tiens la vilaine.

Simphronie.

O fureur des Enfers, Alecton inhumaine,
Pourquoy bourrelle as-tu fait mourir mon en-
*   fant?*

Sainte Agnes.

Ce n'a pas esté moy, mais l'Ange triomphant,
Que le Sauueur Iesus m'a concedé pour garde,
Vostre fils me tenant au rang d'vne paillarde,
Estimoit butiner ma chere chasteté,
Mais il est chastié de sa lubricité.

Simphronie.

O demons ensouffrez de l'onde stigiale,

Ne voy-ie pas mon fils estendu mort & pasle?
O bons dieux quelle veuë! ô quel elancement!
O grands dieux que ie sens de peine & de tour-
    ment!
Helas mon cher enfant! ma tendre geniture,
Ie voy deuant son temps ta triste sepulture!
Helas ie te voy mort en l'Auril de tes ans,
Ce qui rend mes ennuis plus rudes & cuisans,
Encores si Cloton t'eust fermé les paupieres,
Le coutelas au poing dans nos troupes guerrie-
    res,
Mais las ie te voy mort par vne main sans pris,
Non aux effets de Mars, mais à ceux de Cypris,
O fille malheureuse en tout mal débordée,
Las! tu l'as fait mourir par tes arts de Medée.

Sainte Agnes.

Vous m'accusez à tort ie n'ay iamais appris,
Le profane mestier d'inuoquer les esprits,
Du mal de vostre fils ie ne suis point coupable,
Il est mort par les coups de mon Ange indompta-
    ble.

Simphronie.

Helas s'il est ainsi, ie te vay coniurant,
Par ton grand Dieu Iesus que tu vas adorant,
De le remettre au monde.

Sainte Agnes.

Afin que chacun sçache
Qu'vn desir de vengeance en mon cœur ie ne ca-
    che,
Ie vay prier mon Dieu de le ressusciter:
Mais deuant il vous faut de mes yeux absenter,
Retirez-vous au loing, car vous n'estes pas digne,
De voir ceste action de la bonté diuine.

Simphronie.

Allon, retiron nous, Censorin mon amy.

Sainte Agnes.

Esprit de Martian tristement endormy,
Du sommeil de la mort qui les deux yeux luy ser-
re,
Au nom du Createur du ciel & de la terre,
Soudain abandonnant l'infernale prison,
Ranime derechef ta poudreuse maison,
Leue toy pour redire aux payennes oreilles,
Du Saaueur des humains les diuines merueil-
les,
Qui par le riche prix de son sang precieux,
Nous acquit à la croix l'heritage des cieux.

Martian.

Quelle diuinité aux raiz de sa lumiere
Dessille peu à peu ma debile paupiere,
Me tire bien heureux des flames & des fers,
Dont i'estois detenu dans les sombres enfers,
Ou les mains des demons implacables bourrel-
les,
Gesnent incessamment les ames criminelles,
C'est toy grand Dieu poussé d'vne incroyable
amour,
Qui me rends derechef l'vsage du beau iour,
Et de qui ie reçoy l'entiere connoissance,
Des merueilleux effets de ta toute puissance,
Ouy toy seul Dieu benin, Dieu iuste, Dieu cle-
ment,
Deliure mon esprit de l'infernal tourment.

Sainte Agnes.

Vostre fils est viuant, reuenez, Simphronie,
Pour admirer de Dieu la puissance infinie.

Simphronie.

O grands dieux immortels, quel miracle nou-
    ueau,
Retirer vn deffunt du profond du tombeau,
Auoir contraint Pluton le monarque terrible,
De ranimer vn corps, & le rendre sensible,
Ie suis tout hors de moy, ie suis tout transporté.
O grands dieux qu'est-ce cy, suis-ie point enchan-
    té?

Sainte Agnes.

Non, non, chassez de vous ce soupçon qui vous
    ronge,
Vostre fils est viuant, ce n'est charme ny songe,
Aprochez-vous de luy, voyez & le touchez.

Martian.

Mon pere approchez vous, & maintenant sça-
    chez,
Que le Dieu des Chrestiens est le vray Dieu du
    monde,
C'est de luy que dépend le ciel la terre & l'onde,
C'est luy qui nous a faits, vos fantastiques dieux
Sont demons regorgez de l'enfer odieux,
Qu'il conuient abolir eux, & leur sacrifice,
Et receuoir Iesus le grand Dieu de iustice.

Simphronie.

O mon fils qu'es-tu dit tu m'as du tout rauy,

Martian.

Il faut que Iesus Christ desormais soit seruy,
Il faut ietter en bas ces images de plastre,
Et se faisant Chrestien n'estre plus idolastre,
Autrement n'attendez qu'vne perdition,
Et pour le faire court qu'vne damnation.

Simphronie.

Tu me fais peur mon fils, ma face en deuient pasle,

Parquoy ie te supplie entrons dans ceste salle,
Pour m'informer encor d'auantage de toy.

Sainte Agnes seule.

O mon sauueur Iesus donne à ces gens la foy,
Vueille les inspirer, & fais que tes miracles,
Leurs facent abhorrer des faux dieux les ora-
cles.

Les Sacrificateurs des Idoles, le peuple de Rome, Simphronie, & Martian son fils.

Les Sacrificateurs.

SVs, allons chastier ses supersticieux,
Qui veulent d'vn pendu faire le Roy des
dieux,
Allons les massacrer de mille coups de pierre,
Et leurs infames corps foulons contre la terre,
Sus que l'on s'éuertuë amassez des caillous,
Et les faisons creuer d'vn million de coups,
Allons, donnons dessus, du coup de ceste pierre,
Le premier rencontré ie renuerse par terre,
Regarde compagnon ô le coup genereux!
Certes il part d'vn bras bien fort & vigoureux.

Simphronie.

Quel bruit enten ie là? quelle horrible tempeste.

Les sacrificateurs.

Qu'il n'en demeure vn seul, qu'on leur rompe la
teste.

Simphronie.

Peres, que faites vous? qui vous bient transpor-
ter,
Et qui vous fait ainsi sur ce peuple attenter.

Le peuple.

Il ne faut qu'au besoin le courage nous faille,
Sus, sus, deffendons nous, rengeons nous en batail-
le,
Puis que sans nul suiet, nos sacrificateurs,
Veulent de nostre mort se dire les autheurs.

Les sacrificateurs.

Comment, grand Iupiter, ce meschant populaire
Se deffend contre nous & tasche à nous défaire?
Il n'est point repentant de t'auoir offencé,
Honorant ce Iesus par Agnes annoncé?
Darde, darde, sur luy tes foudres de Lipare,
Et l'enuoye là bas au gouffre de Tenare.

Simphronie.

Tout beau, demeurez là, qui vous fait muti-
ner?

Le peuple.

C'est qu'ils nous veulent perdre & nous exter-
miner.

Les sacrificateurs.

Ce sont des faux Chrestiens engeance Plutoni-
que,
Qui perdent les esprits de nostre republique.

Simphronie.

Ce n'est de la façon qu'il y faut proceder,
Pour vn il ne faut pas vn peuple lapider,
L'innocent ne doit pas ainsi pour le coupable,
Endurer les efforts de la parque effroyable.

Le peuple.

Vous parlez franchement & selon l'equité,

Nous ne sommes Chrestiens, ny ne l'auons esté.
Ce qui nous meine icy , c'est qu'vn bruit par tout
    vole,
Que la gentille Agnes, du vent de sa parole,
A tué vostre fils, puis la ressuscité.

Simphronie.

Certes mes bons amis c'est bien la verité,
Et si vous en doutez, voila mon fils luy mesme,
Qui le vous contera , las ! voyez qu'il est bles-
    me,
Pour auoir enduré de si tristes reuers.

Martian.

Peuple Romain, Iesus est Dieu de l'vniuers,
C'est luy que nous deuons , en reuerence & crain-
    te,
Seruir deuotement, & non ses dieux de fainte,
Lesquels sont faits de bois, ou de quelque metal,
Ayans moins de pouuoir qu'vn chetif animal.

Les sacrificateurs.

O grands dieux eternels! ô deesses supresmes,
Comment supportez vous de si vilains blasphemes?

Martian.

Ie ne crain point vos dieux , ains l'vnique pou-
    uoir,
De celuy qui le ciel fait à son gré mouuoir.

Les sacrificateurs.

Ceste meschante Agnes (ô cas digne de larmes)
A troublé son esprit par ses horribles charmes,
Sus sus, cherchons la viste, & la faisons mourir.

Le peuple.

Si vous l'entreprenez, nous vous ferons courir,
Vne estrange fortune.

Les sacrificateurs,

O peuple detestable!

Tu nous menaces donc? non, la mort redoutable,
L'entrainera là bas au logis de Minos,
Mais s'est trop retardé, sus rompons luy les os,
La voila, la voila, sus auant qu'on luy couppe.

Le peuple.

Sans l'honneur que l'on doit à voStre sainte trou-
    pe,
Ie vous iure les dieux que tout presentement,
L'on vous feroit souffrir vn rude chaStiment,
Neanmoins ce reSpect, gardez que voStre rage,
Malgré noStre vouloir, ne vous porte dommage,
Ne paSsez plus auant si vous eStes prudents,
Sinon vous encourrez de faScheux accidents.

Simphronie.

Qu'eSt-ce cy mes amis? voStre licence eSt grande,
ReSpectez-vous ainSi celuy qui vous commande?

Le peuple.

ArreStons-nous, holà, poSons nos armes bas.

Les Sacrificateurs.

Donc pour nous arreSter condamnez au treSpas,
CeSte fauSse ChreStienne indigne d'eStre au monde,
Et de voir de Phebus la cheuelure blonde.

Simphronie.

Vous eStes bien cruels de vouloir mettre à mort,
Vne telle beauté, vrayment vous auez tort.

Les Sacrificateurs.

C'eSt vous meSme Seigneur, vous faites iniuStice,
De ne la condamner à l'extreSme Supplice,
Vous fauSsez les edits des Sacrez Empereurs,
Qui condamnent à mort les ChreStiens pleins d'er-
    reurs,
Si Maximilian entend ceSte nouuelle,
Il vous accusera comme traiStre infidelle.

Simphronie.

Peres, vous dittes bien, & vous auez raison,
Pour ce, ie vay la mettre en l'obscure prison,
Puis cela fait i'iray son procez faire escrire,
Afin de l'enuoyer promptement au martyre.

Les sacrificateurs.

Maintenant vous parlez selon vostre deuoir,
Maintenant vous parlez selon vostre pouuoir,
Pource nous supplions nos grands dieux tutelai-
    res,
De vous continuer vos fortunes prosperes.

Le peuple.

O braue gouuerneur, valeureux fils de Mars,
Dont les actes guerriers volent de toutes parts,
Sacré Palladion de ceste forte ville,
Terreur des mal-viuans, & des iustes l'Azille,
Las! nous vous supplions à genoux humblement,
De ne point condamner ceste fille au tourment,
Reuoquez la sentence encontre elle donnée,
Et faites qu'elle soit, chez elle remenée.

Simphronie.

I'aurois bien grand desir d'incliner à vos vœux,
Car comme vous ie suis de son bien desireux,
Mais certes, mes amis, il ne m'est pas possible,
D'autant que l'Empereur est trop inaccessible,
S'il faloit qu'il le sçeust, ie serois deposé,
De mon gouuernement, comme ayant trop osé.

Le peuple.

Puis doncques qu'Atropos de si pres la mena-
    ce,
Pour ne la voir finir partons de ceste place.

Simphronie.

De cent mille regrets ie me sens affliger,
Que ceste pauure fille il me faille iuger,

Mais ie ne puis que faire, ô fiere deſtinée,
Las il faut qu'elle ſoit malgré moy condamnée,
Si i'auois le pouuoir comme la volonté,
Elle ne mourroit pas, ô quelle cruauté!
O barbare rigueur, ô fiere tyrannie!
Maintenant la pitié des hommes eſt bannie,
Ils n'ont plus rien de doux, mais vrais antropofages,
Ils ne reſpirent plus que meurtres & carnages,
Las que i'ay de pitié! non ie ne ſçaurois pas,
Condamner ceſte fille au funebre treſpas,
Seulement y penſant, las! ie tombe en extaſe,
Ie m'en vay la liurer au lieutenant Aſpaſe.

Martian.

Pere, que faites-vous? helas! non demeurez,
Si vous faites cela dedans peu vous mourrez,
Le grand Dieu Ieſus Chriſt, ſon eſpoux legitime,
D'un eſclat foudroyant punira voſtre crime.

Simphronie.

Allons doncques mon fils, penſer quelque moyen,
Pour tirer de priſon ceſte fille de bien.

Martian.

Pour Dieu ie vous en prie à genoux à mains
*   iointes,*
Car ie suis trauerſé de mille & mille pointes,
Quand ie viens à penſer aux ſpectres furieux,
Qui tourmentent là bas, les hommes impieux,
O Dieu pere de tous! grand monarque celeſte,
Las! ne m'enuoyez plus en ce lieu ſi funeſte.

Le pere, & la mere de sainte
Agnes, & le mes-
sager.

Le pere.

MA femme bien aimee, & ma chere moitié,
Supplions le grand Dieu qu'il vueille auoir
pitié,
De nostre pauure fille en la prison enclose,
Pour seruir Iesus Christ en qui son cœur repose.

La mere.

Allons donc mon espoux en quelques lieux secrets,
Offrir nos humbles vœux & faire nos regrets,
Car en ce desplaisir qui tant & tant m'offen-
ce,
Ie ne sçaurois d'aucun supporter la presence.

Le pere.

Ie suis bien comme vous, ie ne veux estre veu,
Quand ie sens mon esprit d'affliction esmeu,
Ie vay tousiours chercher quelque lieu solitaire,
Mais ô Dieu qu'est-ce là? Iesus, comme il esclaire.

La mere.

O Iesus comme il tonne! ô quel estrange bruit.

Le pere.

O bon Dieu qu'est-ce cy ? l'on diroit qu'il est
nuit?
Allon retiron nous, cet improuiste orage,
Helas, comme ie cr oy, quelque mal nous presage.

Le messager.

Les Tygres, les Lyons, les Pantheres, les Ours,
Qui dedans les deserts vont écoulans leurs iours,

N'ont point tant de rancœur, tant de forcenerie,
Tant de ferocité, tant de haine & furie,
Comme ses fiers Tyrans, au courage de fer,
Qui sont du tout conduits par les dires d'enfer,
Le superbe Lyon par le temps s'appriuoise,
Et l'ire des dragons tout de mesme s'accoise,
La mer deuient bonnace apres son flottement,
Et les plus rudes vents apres leur soufflement.
Arrestent leur haleine (+) d'vn petit murmure,
Reflatent doucement les bois & la verdure,
Mais ses cruels Tyrans en aucune saison,
Ne rappellent chez eux l'vsage de raison,
Ils se font tousiours voir d'vne mesme nature,
Exerçants tous forfaits iusqu'à la sepulture,
O Dieu de l'vniuers pere saint, droiturier,
Comment les laissez vous ainsi seigneurier ?
Vous qui cherissez tant la bonne vierge Astrée,
Qui n'est plus, ô pitié! parmy nous rencontrée.

La mere.

I'entens icy quelqu'vn mon mary bien-aimé,
Qui de quelque accident à le cœur entamé,
Helas, ô doux Iesus.

Le pere.

O puissance eternelle!
I'ay peur qu'il nous apporte vne triste nouuelle.

La mere.

Pour en estre certains il le faut appeller.

Le pere.

O pere de ce tout vueillez nous consoler,
Mon amy, dittes nous, qui vous fait ainsi plaindre ?

Le messager.

Helas c'est vn grand mal, lequel vient vous atteindre.

La mere.

O sauueur Iesus Christ.

Le pere.

Mon amy qu'as-tu dit?
Las quel mal nous arriue.

Le messager.

Aspase le maudit,
O Dieu ie ne sçaurois vous conter cet esclandre,
Las! tant i'ay de pitié, de voir vos yeux espandre,
En aprés vn torrent de larmoyants ruisseaux.

La mere.

I'ay l'estomac persé de cent mille couteaux,
O mere de Iesus! quelle triste aduenture,
Nous est donc arriuée?

Le messager.

Helas elle est bien dure!

Le pere.

Messager, mon amy sans plus nous retarder,
Dy lá nous promptement.

La mere.

Iesus nous vueille aider.

Le messager.

Vostre fille, ô regret, vient d'estre martyrée,
Puis Iesus la rauie en son ciel empirée.

Le pere.

Helas ma pauure fille!

La mere.

O fille que i'aimois,
Plus que mon propre cœur! ô Dieu ie perds la voix!
Ie n'en puis plus helas!

Le messager.

Iesus elle est pasmée,
Il l'a faut soustenir.

Le pere.

Ma femme bien-aimée,
Au lieu de nous fascher, & de nous soucier,
Nous deuons bien plustost Iesus remercier,
D'auoir en sa maison nostre fille enleuée,
Où c'est qu'à tout iamais elle sera sauuée,
Iouyssant des plaisirs qu'il donne à ses éleus,
Ainsi que dit Saint Paul, qui rauy, les a veus.

La mere.

Le grand Dieu soit loüé de toute ma puissance.

Le pere.

Encor que ceste mort mille pointes élance,
Qui me percent le cœur d'vn estrange tourment,
Neanmoins, messager, conte nous hardiment,
Sa bien heureuse fin, mesme par quelle voye,
Elle est montée au lieu de la celeste ioye.

Le messager.

Vous auez entendu la ciuile rumeur,
Et des prestres des Dieux, la cruelle fureur,
Et comme pour finir leur querelle importune,
On mena vostre fille en la prison commune,
L'ayant ainsi voulu le traistre gouuerneur,
Qui sembloit luy porter quelque peu de faueur.

Le pere.

Nous l'auons entendu par le bruit populai-
re.

Le messager.

Luy doncques ne voulant, se monstrer sangui-
naire,
(Au moins en apparence) il fait venir à soy,
Aspase l'inhumain, le barbare sans foy,
Et luy commande expres, de mettre à la torture,
Vostre innocente fille.

La mere.

O douleur par trop dure!

Le messager.

Apres qu'elle eut souffert d'vn courage fort haut
De ce cruel tourment l'insupportable assaut,
L'enragé, le felon, l'execrable busire,
Fait dresser vn buscher, & puis l'y fait conduire,
Le feu s'estant espris en ce bois viuement,
Il l'a fait élancer dans son embrasement,
Mais ainsi que iadis dans l'ardante fournaise,
Les trois enfans Hebreux n'eurent point de malaise,
Vostre innocente fille eleuant ces beaux yeux,
Vers le palais luisant du monarque des cieux,
Fist par le doux accent de son humble priere,
Que ce feu deuorant se retire en arriere,
Sans luy faire aucun mal, Aspase regardant
Ce feu qui n'alloit point ceste pucelle ardant,
Commande à ses soldats, ainsi que luy pleins d'ire,
De rapprocher le feu pour afin de la cuire,
Et consommer du tout, mais cas miraculeux,
Voicy que ce brasier s'élance dessus eux,
Et quoy que l'on essaye afin de les deffendre,
Aux yeux des spectateurs ils sont reduits en cendre,
Ce miracle si grand de chacun admiré,
N'a pas ce fier Tyran de son mal retiré,
Au contraire plustost sa rage enuenimee,
S'en est encore plus ardamment allumee,
Il iure contre Dieu, le menace & se plaint,
Que l'orage du ciel a son buscher estaint,
Mais qu'il n'a rien gaigné, car malgré qu'il en
       aye,
Ceste fille mourra d'vne cruelle playe,
Cela dit, il commande à l'infame bourreau,
Qu'il luy couppe la gorge auecques son couteau.

Ce qu'oyant voſtre fille à terre elle s'incline,
Et recommande à Dieu ſa belle ame diuine,
Ainſi voila comment ces iours ſont terminez,
N'eſtant que de treize ans encor acheminez,
Son corps eſt la giſant ſur la terre poudreuſe,
Allez l'enſeuelir dans vne foſſe ombreuſe.

Le pere.

Le grand Dieu ſoit loüé, le grand Dieu ſoit beny,
Lequel nous a monſtré ſon amour inſiny,
Nous enuoyant ſon fils pour noſtre deliurance,
Lequel a voulu mettre Agnes en aſſeurance,
Or ſus allons m'amie enſeuelir ſon corps,
Qui tout couuert de ſang eſt encores dehors.

FIN